LEBELLEPA

2

Per informazioni sulle opere pubblicate
e in programma rivolgersi a:

Edizioni di Pagina
via dei Mille 205 - 70126 Bari
tel. e fax 080 5586585
http://www.paginasc.it
e-mail: info@paginasc.it

facebook account
http://www.facebook.com/edizionidipagina
twitter account
http://twitter.com/EdizioniPagina

Giacomo Annibaldis

La colpa del coltello

edizioni di pagina

Finito di stampare
per conto di Pagina soc. coop.
nel mese di marzo 2013
da Corpo 16 s.n.c. - Bari

ISBN 978-88-7470-248-0
ISSN 2280-4846

Indice

La natura dei racconti è tale che è possibile...
narrare cose antiche in modo nuovo
e usare parole antiche per eventi recenti

[Isocrate, *Panegirico*, 8]

I
A coda di lucertola

«Non so' stato io. Non so' stato io. È stato il cane della vicciaria.» Dicevamo in cantilena. «Non so' stato io. È stato il cane della vicciaria.» Mentre la coda della lucertola, staccatasi, si contorceva rabbiosamente ai nostri piedi. Gridava vendetta.

La lucertola se l'era sacrificata, divincolandosi dalla presa e caricandola dell'agonia cui era scampata. E cercava ora di fuggire, con brevi guizzi e caute pause. Ma noi, in cerchio, battevamo i piedi per spaventarla, per indurla a tornare al centro, ad avvicinarsi al membro che aveva abbandonato alla sua furiosa sorte. Vedevamo il suo cuore pulsarle tumultuosamente sul collo: il segno di una paura incontrollabile. In un inconsapevole rituale ripetevamo: «Non so' stato io. Non so' stato io. È stato il cane della vicciaria», e con le mani al ritmo della giaculatoria facevamo le corna, il dito fallico, il pugno che si contorceva sinuoso nell'aria, a forma di serpente. Per scongiurare la vendetta.

Chi ci aveva insegnato questa strategia d'incolpevolezza? Non so.

Durante l'ora di ricreazione ci piaceva catturare le lucertole con cappi d'avena. Nella solitudine delle tante ore del silenzio, in aula, in refettorio, in dormitorio, anche un piccolo rettile poteva fare da amico, racchiuso in una scatola, in una bottiglietta di fortuna, in un astuccio svuotato di matite e pennini. E la notte, sotto le coperte, di nascosto dagli assistenti – sempre attenti a ogni nostro gesto disarmonico –, potevamo parlargli, accorgerci che si era "affiatato", era divenuto più accondiscendente alle nostre carezze digitali con quella docilità che era solo il torpore della morte.

Ora – dopo tanti anni – ho capito da quale antico recesso, superando stratificati depositi di coscienza, riemergeva quello strano rito di purificazione. Non faceva così anche il sacerdote greco? Durante le feste Bufonie, l'immolatore vibrò il colpo di coltello nel collo del bue; la vittima muggì, non per supplicare, ma nel tentativo di frenare con l'urlo la corsa del sangue verso quell'insidioso pertugio; con il sangue sentiva scorrere via la vita e s'appellava agli dèi del creato perché punissero l'empia mano: la sua invocazione era un sussulto sgomento, occhi sbarrati in cerca di un colpevole. Chi è stato? Il sacerdote ha nascosto il coltello: «Non sono stato io», esclamava in dichiarazione d'innocenza. Oppure ha esibito la lama sacrilega e grondante di sangue agli sguardi della folla: «È stato lui». Ma, andiamo... Chi poteva essere accusato dell'adempimento del proprio dovere, nello svolgimento di un'offerta alle divinità? Il sacerdote non poteva avere colpa; eppure tutto ciò era fatale. Anche gli dèi non desideravano avere a che fare con le Erinni, le vendicative. Nella coda di lucertola guizzavano le Furie, l'ultimo spasimo di una energia ctonia si sperdeva nell'aria.

Non ricordo se appunto in quel momento il prete fischiò la fine della ricreazione e se fu allora che ci fu presentato il nuovo arrivato. Mentre le due classi si ordinavano davanti alla porta nella consueta fila per due – i più piccoli avanti; io, nella mia – dandoci strattoni, stupendoci per la presenza dell'intruso, strozzando le ultime parole di un discorso destinato a restare inconcluso. Infine, braccia conserte, silenzio.

«Questo è Sandro Macrì», annunciò il direttore, quando ci vide tutti sistemati e attenti. «Farà la quarta. Da oggi sarà uno di noi. Gli diamo il benvenuto e speriamo che stia bene qui con noi. Ma noi faremo di tutto perché Sandro – pausa e sorriso verso di lui – si senta come a casa, vero?»: pausa e sorriso verso di noi. «Questi saranno i tuoi compagni», e lo diresse verso la nostra colonna.

Lo osservammo con diffidenza: sembrava più grande di età. E non tanto felice di stare qui. Fu spinto subito da don Marco verso gli ultimi, paragonato in altezza, tirato per il braccio, collocato nella fila. No, è un po' più alto: spostato allora nella coppia successiva; gli altri scalavano.

Rituale ripetuto in aula. «Signorile, tu prendi tutta la tua roba e va' all'ultimo banco.» Sandro al posto di Signorile, vicino a Favia.

Meno male: non è capitato con me! Altrimenti c'era tutto da ricominciare, da insegnargli i giochi del silenzio e le parole in codice, i gesti segreti e gli avvertimenti. Avvisarlo di custodire il suo sussidiario, se no, quanto prima, vi avrebbe trovato su scritto, nei fogli iniziali: «Ho un segreto da rivelarti. Vai a pagina 19». E, dopo aver sfogliato con curiosità fino a pagina 19, leggere: «Lo so, vuoi sapere il segreto. Abbi pazienza e vai a pagina 32». E così via, fino a trovare scritto: «Il segreto è che sei SCEMO». Ci sarebbe rimasto male; e magari mi avrebbe addossato tutta la colpa. Piccoli rituali di iniziazione.

E poi, a una prima occhiata doveva essere uno spiantato: non un astuccio nuovo, non un giornaletto, neppure un pennino. Si sa, il compagno di banco poteva essere tutto o niente, un vantaggio o un danno. Un vantaggio per tutti era sembrato l'arrivo di Oscar Sforza un mese prima: era arrivato carico di oggetti, astucci, matite, anche una penna d'oro, quella «ricevuta in dono alla prima comunione», diceva; e poi, in refettorio, provviste di cioccolato e dolci... Per Sandro, invece, confermato il danno in dormitorio: non un pettine, una saponetta, una cornicetta per le fotografie da tenere nel cassetto del comodino personale. Quale genitore, quale nonna o zia non ha tacitato con noi l'affiorante senso di colpa, con un «Topolino» o un «Akim» mai prima donato, una macchinina di plastica piccola piccola, un sacchetto di tarallucci con semi di finocchio? Il collegio è pur sempre ai loro occhi una reclusione, la dichiarazione di una sconfitta. «Ma vedrai che ti troverai bene. E ti verremo a trovare sempre.» Sempre.

Quando, tre anni fa, arrivai io, ero accompagnato dalle pie donne, tutte vestite di nero: per la morte di mio padre. Su un lungo interminabile viale di pini, la filovia scorreva silenziosa e a scatti. Quel pomeriggio di fine febbraio il cielo era grigio. Non capii perché piangessero, non capii perché tentennassero e, una volta giunte al cancello, avessero quasi deciso – per consolare mia madre – di tornarsene tutti indietro.

Un prete ci accolse presso il portone, ci guidò nella saletta d'ingresso, parlò e sorrise, mi carezzò i capelli e confortò mia madre, le rassicurò tutte, benevolo, e infine condusse in segreteria zia Lucrezia, che pareva la più pratica, per sbrigare e firmare, per dettare le regole dell'istituto.

Una breve attesa nel parlatorio – nome di una più articolata topografia che imparai dopo –. «Volete salutarvi?», chiese il prete, giovane e melanconico – il suo sorriso sembrava trattenuto da una cicatrice che legava il naso al labbro superiore; la veste nera con cento bottoni di stoffa, una fascia nera come cintura, che scivolava sotto pancia e finiva in una frangia –. Ma la sua non era una domanda; era l'invito al commiato di rito. Poi, qualche bacio, e con una scusa fui portato dal prete a visitare il cortile. E loro, le pie donne: «Ti aspettiamo qui, torna subito». Al di là del cortile, ventidue ragazzi si divertivano a raccogliere pietre disseminate inutilmente nei campi e a colmarne un sentierino tra i mandorli. Il prete coglieva la mia inquietudine, i miei sguardi a ritroso; io coglievo la curiosità dei ragazzi, che avevano smesso di raccogliere sassi. «È il nuovo?», aveva interrogato un altro sacerdote, anche lui impegnato alla raccolta, con la veste sollevata davanti e fermata nella cintura, per non intralciarsi.

Al ritorno dai miei, sulla panchina vicino alla grotta di Lourdes, dove avevo lasciato le pie donne, era rimasta solo la nonna, quella paterna. Dura e spiccia – com'era sempre stata – mi consegnò due fumetti e un pacco di taralli. «Mi raccomando, non farteli rubare. Che tu sei capace!», rimproverò. Poi disse untuosamente, perché non sapeva la tenerezza: «Veniamo presto, entro stasera». Mentì.

Da allora fui il numero ventitré: da allora sul collo interno delle camicie, dei maglioncini, delle canottiere, sulla cintura interna dei pantaloni (diventati neri e stretti dopo la tintura funebre) e ai lembi dei fazzoletti, le suore si affannarono a tracciare con filo rosso due X e tre stanghette.

Quel primo pomeriggio lo passai con l'unica speranza che venisse sera. Un senso di abbandono e di spaesamento mi accompagnava. Troppo grandi le stanze, i corridoi, il refettorio. Troppo e tutto silenzioso: a chi domandare quando sarebbe tornata mia madre?

Eppure non dimenticavo le parole di comare Rosaria, le parole della più sciocca del vicinato ma quelle che più si incisero nella mente: «Vedrai, ogni sera lì fanno il cinematografo». Così, io aspettavo per quella sera il cinema. Il buio venne, freddo. Se non mangiai, amorevolmente l'assistente capì il mio sbalordimento. «Vuoi tu?», chiese a un ragazzo del mio tavolo, allungandogli la mia pietanza non toccata. Se non giocai durante la ricreazione, lui mi tenne la mano sulla schiena, incoraggiandomi: «Dovresti muoverti un po', per riscaldarti». Poi finirono le corse nel cortile; io ero in prima fila, le braccia conserte per non disperdere calore. «Avanti!», incitò il prete. E come automi salimmo molte scale, io non sapevo dove: mi spingevano lievemente per non inciampare nelle mie indecisioni, e il mio compagno di fila con gli occhi mi accennava il percorso da seguire.

«Finalmente il cinema!», pensai. Le scale erano finite e ci trovammo in una saletta. Le poltrone erano lunghi banchi di legno. In fondo, su una pedana, c'era uno strano tavolo di finto marmo, grande come un comò, coperto da una bianca tovaglia a merletto e, in una nicchia sospesa al centro, una statua di donna che avevo già vista giù nella grotta di sassi ammassati vicino al cancello. Poco alla volta dovetti rassegnarmi che il cinema veniva una volta a settimana (se eravamo stati buoni), e che invece in quella saletta ci salivamo almeno tre volte al giorno. Era la cappella, e i banchi erano inginocchiatoi; ma non è detto che per me non fosse uno spettacolo. All'inizio, anzi, la funzione mi ricordò i burattini della piazza, dove a volte mi aveva portato il nonno.

Da dietro la tendina della sacrestia a lato dell'altare, come da un sipariettto che nascondeva i costumi di scena, gli strumenti e gli effetti, sarebbero apparsi a turno don Ambrogio o don Marco o don Martino vestiti in maniera imperiale, dignitari cinesi col tricorno nero come capuino; avrebbero inscenato un libretto sempre meno incomprensibile con le mani spesso giunte sul petto o alzate: come quelle delle marionette. Un copione che mi diventò famigliare e che – per i meno bravi – era in gran parte scritto sulle carteglorie là sull'altare. Campanello, turibolo e navicella, ampolle dell'acqua e del vino, cotte e pianete, amicta, piviale... Avrei compreso quella *P* cancellata con una *X* (il misterioso monogramma in rilievo alla base dell'altare) e la favola cruenta del pellicano che si trafigge il petto per nutrire col proprio sangue i piccoli, il pellicano sbalzato a rilievo sul tabernacolo. Un lessico che mi avrebbe laureato chierichetto di fiducia.

Un mondo nuovo e diverso, un luogo superiore della mente e del corpo dedicato al rito misterioso e vacuo, e tuttavia necessario e divertente per chi, come me, era vissuto fino allora nell'improvvisato di una vita in sopravvivenza. I paramenti e le pianete svolazzanti nei movimenti rotatori del sacerdote erano vele per salpare in altri mondi: il rosso della passione e del martirio, il viola dell'attesa, il nero della morte e del lutto, il verde e il bianco... ogni colore nascondeva un significato diverso, un tempo e una liturgia.

Quello che non capii mai è perché Sandro, inginocchiato accanto a me, chierichetto apprendista accanto al primo allievo – subito don Marco me lo aveva affidato: «Seguilo tu, Fino; e digli cosa deve fare. Abbi pazienza!» –, mi guardasse con pena quando esibivo tutto il Credo in latino, come se fosse uno scioglilingua divertente. Ma mi sembrò di intuire perché chiudesse spesso le palpebre e dopo un po' le riaprisse, a volte di colpo, quasi sgomento, a volte con circospezione. Anche a me era capitato di serrare gli occhi e riaprirli per verificare la realtà circostante: è proprio vera? Poi ho imparato a chiuderli, perché è più semplice così riabituarsi all'oscurità: e allora cominci a distinguere ciò che prima ti era precluso dalla cecità, anzi dall'abbaglio. Un mondo di cose continua a esistere intorno a te, pur immerso nel buio della tua inconsapevolezza, e ci puoi vivere comodamente, se ti adatti.

Quel mondo ora è custodito esclusivamente nei miei ricordi: non li potrò affidare o lasciare a nessuno. Se si potessero ereditare anche i ricordi degli altri! E invece passano veloci e vagano nell'aria come bolle di sapone. E svaniscono. Bisognerebbe fare con i ricordi ciò che fanno gli archeologi a Pompei: riempire di calce viva quei vuoti di memoria, che furono simulacri di uomini e cani. Riempirli di sostanza.

II

Anche il muco ha la sua dolcezza

Benché Oscar gli ronzasse intorno come una mosca sul dolce, Sandro lo guardava con diffidenza. «Ma tu che vuoi?», gli aveva chiesto, con fastidio.

Appena iniziata la ricreazione in cortile, qualcuno si era già avvicinato per domandargli: «Giochi con noi?». Ma lui non aveva neppure risposto.

«Favia, ecco il pallone», aveva detto l'assistente, tra le consuete urla di giubilo: il precedente superflex si era irrimediabilmente sgonfiato. Poi aveva aggiunto premuroso: «Perché non inviti il nuovo arrivato a giocare anche lui?».

Con il pallone stretto tra le braccia, per schivare le mani rapaci degli altri, Favia si era avvicinato a Sandro suasivo: «Ti va di giocare con noi? Stai all'attacco con me. Eh?», gli concedeva subito un posto di rispetto.

Nessuna risposta e mani in tasca. Con gli occhi, Sandro seguiva lo sguardo interrogativo di Favia verso l'assistente, che, con dolce sorriso stampato sulle guance, fingeva di non vederli, di non essere affatto interessato, fingeva di fare le squadre. Un senso di costrizione doveva aver avvertito nell'aria. Sandro disse: «Va bene». Chissà se almeno così si sarebbe scrollato di dosso tutti quegli sguardi, quelle attenzioni. Se gli avessero lasciato il tempo di capire in che mondo era capitato, cosa c'era al di là della bassa cinta di tufi che circondava il cortile: tra gli alberi di ulivi e mandorli, oltre le fronde dei carrubi.

Bene: le squadre erano fatte, e si correva come in un flipper magnetico, tutti dietro il pallone. Gli altri che non giocavano a calcio scorrazzavano ai bordi del campo, a rovistare le formiche e i segreti dei tronchi di mandorlo tutt'intorno al cortile, a cogliere l'appiccicoso miele dai tronchi, che spesso erano solide lacrime di gomma trasparente.

Mai a essere fortunati come Signorile, che un giorno aveva trovato su un mandorlo una pallottolina di resina, colore del miele, che racchiudeva in un translucido sarcofago una formica. Un portento. Il maestro, scrutandola tra le dita, aveva detto: «Ambra». E ci aveva raccontato il mistero di pietre preziose, lacrime di alberi vicino al mare che avevano catturato l'ultimo raggio del sole; sgocciolavano tra le onde e con il gelo delle acque del Nord diventavano dure. Più preziose se imprigionavano nella pasta un insetto, magari mai visto sulle rive del Mediterraneo. «Gli antichi apprezzavano l'ambra – disse il maestro –, anche perché era una pietra magica, come lo era la calamita. Strofinata, attraeva a sé l'anima delle cose. Grazie all'ambra si scoprì l'elettricità.»

E, per stupirci, si fece prestare da Claudio Iusco un'asticciuola senza pennino. L'asticciuola era di plastica. La strofinò sulla manica della giacca e l'avvicinò a pezzettini di carta sulla scrivania: salivano, levitavano attratti da una forza sconosciuta, che emanava da quello stecchetto. Magie, piccoli sortilegi: il maestro spiegò anche qualcosa di cariche negative e positive, una dimostrazione scientifica. Quel che restò fu lo stupore di un evento. Lo stesso provato quando si fece prestare una piccola calamita – sempre da Iusco, che a casa la usava per catturare le monete, scivolate dalle mani e dalle tasche di sbadati possessori e cadute giù nelle cancellate, le grate sui marciapiedi davanti ai portoni: la calamita legata a una cordicella e calata con cautela –. E il giorno appresso, sul finire delle ore, spostò improvvisamente la sua seggiola, dalla scrivania al centro dell'aula, tirò fuori di tasca una scatola e dalla scatola una manciata di spilli, li sparpagliò sul piano della sedia. Poi si chinò, allungò la mano sotto il piano di seduta e teatralmente la spostava con manovre circolari, ampie e subitanee. «Guardate!» E noi, accorsi dai nostri banchi tutt'intorno, vedemmo gli spilli sobbalzare, abbracciarsi in un groviglio, separarsi obbedendo a un vento invisibile o a una coreografia sotterranea, capocchie e punte. «È l'onda magnetica», disse il maestro, alzandosi e mostrandoci la calamita di Iusco. E anche qui una spiegazione scientifica di poli, attrazione e repulsione, che si concluse con una ispirata declamazione: «Ho visto anche saltellare ferri di Samotracia e trucioli nervosi in piatti di bronzo, se vi si sottopone la pietra magnete...». Sentenziò ammiccante: «Lucrezio», e vedendoci disinteressati alle sue parole, ma attenti al ballo degli spilli, che ora Iusco governava, «Niente, niente», soggiunse, lisciandosi la barbetta, gialla da nicotina.

Gli spilli sparirono: potevano essere pericolosi. Non scomparve dalla mente l'impressione di una scoperta gratuita, come quando negli anfratti del muricciolo di cinta si scopriva un pennino, una biglia – bulbo di vetro che imprigionava occhio a elica variopinta –: il minimo tesoretto di qualche improvvido compagno di classe che non avrebbe avuto più diritto di reclamarlo.

Sandro seguiva sempre più svogliatamente il gioco del calcio, svirgolava i pochi palloni che gli capitavano tra i piedi, e nessuno più se ne curava, se non l'occhio sornione dell'assistente. Lui, invece, con il suo sguardo nuovo carezzava ormai gli alberi, s'appendeva a un ramo di fico meno ruvido con l'agilità di chi ha dita prensili e mente aerea. Poi avvertiva che era l'unico ad arrampicarsi, a ciondolarsi a un ramo avventizio, e sospettandone il divieto si acquetava con le mani in tasca. Scrutava lontano, fin dove lo permetteva lo spiraglio tra i tronchi.

Forse non era la stessa voglia di noi, bambini di periferie urbane, cresciuti in spianate edificabili e colme di macerie, su cui sorgevano da un giorno all'altro palazzetti con facciate a tessere di mosaico anni Cinquanta, e sempre stupiti davanti a un folto d'alberi, a una distesa di verdure, ai fiori spontanei della campagna. Ma al di là degli alberi cosa c'era?, sembrava domandarsi Sandro. Altri alberi. Due ulivi talmente stanchi e scavati che si lascerebbero volentieri andare giù, giacere in un meritato riposo sul rotondo tappeto di terra che il contadino ha zappato intorno; e invece impietose colonne di tufo li puntellano, come stampelle. I loro tronchi, così, si integrano in un'architettura rurale, soglie da non trapassare. Poi, una minuscola radura di cavoli e finocchi a interrompere un'improvvisa caletta calcarea, perforata da occhi e bocche nere, in grotte giaciglio di pecore. Territorio comunque proibito: vietato inoltrarsi. Chissà se il sentiero tra gli alberi porta a una tenera eternità, fatta di scenari che si ripetono sempre eguali, all'infinito.

Da svelarsi solo al fiorire di gialle acetoselle e bianche filigrane di borsapastore tra ellebori dai petali verdi a palline, il respiro della primavera in un ancora brumoso mattino. Al sole lavato e pettinato dall'aria nuova, abbandoneremo allora le nostre aule (*semel in anno*) per percorrere un rito come un antico sentiero, lungo muriccioli di sassi mai esplorati. Tutti i santi e le vergini ogni tanto fermi sul campo: «*Ianua coeli... Virgo prudentissima... Vas insigne electionis...*»; e poi anche «*Turris eburnea... Domus aurea...*». «*Ora pro nobis*»: la supplica a un cielo che voglia sorridere propizio ma anche piangere sommessamente sui nostri campi. «*Sancte Iosephe!*», intona il direttore *paterfamilias* con stola al collo e al petto, in cantilena interrogativa. «*Ora pro nobis*», rispondiamo in coro. E alla processione di puri agnellini che osservano avidi quei luoghi che si richiuderanno alla vista per un anno intero, l'aria si fa attonita e carica di presentimenti, gli uccelli spauriti schizzano lontano. Il calpestio, dopo una pausa vicino al capanno che è un trullo diruto, riprende come un tripudio. «*E nos, Lases, iuvate... E nos, Lases, iuvate... E nos, Lases, iuvate.*» «*Satur fu, fere Mars, limen sali, sta ber ber*»: avranno cantato lungo gli stessi sentieri campestri arcane *Rogationes* – erano le nostre – arvali. Epifania di una natura sacrale.

Ora invece il sole si va nascondendo al di là degli alberi, e il crepuscolo lascia filtrare tra le fronde di mandorli e di ulivi mosse dal vento, vane *paillettes* di luce. Il riverbero crepita come un tenue fuoco al calor bianco. Primo fischio di fine ricreazione: il pallone viene riconsegnato all'assistente. A gruppetti ci si incita a raggiungere il reparto gabinetti, per l'espletamento piscia: dopo sarà difficile averne un permesso.

«Chi arriva per ultimo paga pegno» (antico peana? L'ho letto, l'ho letto in una commedia di Aristofane: «Su sbrigati! Glice ha giurato che l'ultima ad arrivare pagherà tre boccali e una mistura di ceci»). «No, chi arriva per ultimo è uno scemo.» Tanto, si sa, lo scemo sarà Oscar.

E giù di corsa: qualcuno intona a squarciagola una colonna sonora, di quelle che nei film parlano le immagini di un assalto, o di un inseguimento, di un "arrivano i nostri". C'è sempre una colonna sonora nelle nostre ricreazioni: con le sopracciglia aggrottate per l'imminente agguato e il terrore; con le sopracciglia sollevate, e aria furba, per canzonare qualcuno, girargli attorno e coglierlo di sorpresa con un buffetto dietro la nuca, le calate, o la svirgolata del dito sotto il naso.

Mai farlo però con le narici di Oscar Sforza: sono sempre goccioloni. Una morva gialla e verde. E lui inarca in su la punta della lingua, e se la gusta. Che schifo, il Blenno moccioso! «Mangiamuerve», lo abbiamo subito chiamato; e giù botte e calci agli stinchi, subdoli, quando l'assistente non vede e stiamo in fila: chi gli è di lato, da dietro, e col tacco chi è davanti. E se grida, o solo si lascia sfuggire un lamento, e l'assistente ci scruta, tutti a scusarsi con aria innocente: «Non l'ho fatto apposta»; «Assistente, lui non cammina e io gli schiaccio i piedi. Ma non lo faccio apposta». È sempre colpa sua, insomma. E un giorno che don Marco ha sbottato e gli ha gridato: «Mùccala, là» (un invito per noi incomprensibile, ma che avevamo imparato a tradurre: «Smettila», detto però con rabbia, quasi un muggito di fastidio), lui una cosa l'ha capita: gli conviene non lamentarsi, non ricorrere all'autorità, integrarsi.

Ma perché non ci riesce? Che ci fa lui, un figlio di papà, qui tra noi? Lui, che scrive temi così belli, che, interrogato in geografia, sa dire – noi, invidiosi – persino che le gondole di Venezia hanno sei dita e che cosa significano: i sestrieri? Lui, che ha visto Pompei e di Roma sa tutto, e ci stupisce. Lui, che esibisce cartoline («me l'ha scritta mio padre», «in questa città abita ora mia madre») lussureggianti con castelli e chiese, grandi strade e grattacieli in colori incerti e le vie della notte illuminate da filamenti groviglio di luci rosse e gialle, che si snodano in intrico di serpenti. Che possiede, unico, l'orologio al polso per controllare i tempi della vita chiusa («fra poco è ricreazione», bisbiglia. È fervore: noi non conosciamo clessidre, il nostro tempo è dettato dalla campanella o dal fischietto): segno di comando che avvolge le pulsazioni del cuore che ne ripete i ticchettii, scettro inadatto a uno senza polso e graziosamente prestato agli alleati avventizi, agli amici succedanei.

Oscar ha sempre i cassetti del refettorio pieni di cioccolatini, biscotti e caramelle, e ne distribuisce con programmato calcolo di amicizie. Eppure non riesce ad avere che nemici. E botte, se per ingraziarsi qualcuno gli va a riferire cosa si dice di lui o cosa si sta tramando.

Gli assistenti dapprima lo hanno protetto; ora lo guardano con sospetto e preoccupazione, come una toppa di stoffa nuova che non si può cucire su un vestito vecchio. Lui ha avuto dalla vita molto più di noi, eppure ora è meno di noi: per ineluttabile legge del branco.

«Ma perché vi comportate così con Oscar?»: ora di educazione civica e il maestro vuol prendere la questione di petto. «Su, parlate chiaramente.»

«È un traditore ed è bugiardo.» E subito: «E poi, si mangia il muco. Che schifo!». Urla e sberleffi. «Tutti, quando ci cola, ce lo surchiamo su, lungo le narici. Ma arrivare a leccarselo, come fa lui!»

«Zitti un po'», il maestro. «Va bene. Facciamo finta che è un processo: tutti gli accusati hanno il diritto di difendersi. Oscar te la senti di rispondere a queste accuse?» Tanto il maestro è sicuro che se la caverà egregiamente: chi lo batte in lingua sciolta? Oscar trionfante è finalmente sulla pedana della scrivania: che pena doversi sentire superiore, ma gli altri non te lo concedono.

«Allora, io sono un traditore. Perché? Perché ieri ho detto a Iusco che Signorile gliela farà pagare per il calcio che gli ha dato? Perché ho detto a Favia che Milella va in giro a svelare dove lui ha nascosto le biglie e il pennino d'oro? Ma è la verità. E, poi, a te, a te, a te, se qualcuno ti vuol fare del male, non ti farebbe piacere che qualche altro ti avvertisse? E ti mostrasse che ci tiene a te? Come appunto fanno gli amici...»

«No, perché bisogna mantenere i segreti», dice netto Iusco, ma non lo guarda in faccia, quasi schifato dalla farsa.

«Ma io non svelo nessun segreto. Perché in verità nessuno di voi è mio amico e vuole dirmi i suoi segreti», Oscar aveva un ghignetto sul labbro, ancora più odioso. «Siete amici solo dopo la domenica pari di ogni mese, quando vengono i miei nonni, e mi lasciano tante buone cose da mangiare. O i giornaletti nuovi. Allora sì che siete amici!»

«Io no. Io no», qualcuno osò dire. Altri seguivano svogliati. Il maestro, appoggiato alla scrivania, sembrava compiaciuto: «E che altro avete da dirgli?».

«Che è mangiamuerve.» Risata generale.

«Be', in effetti, perché tu fai questa cosa disgustosa?», dice il maestro. «Silenzio, silenzio. Tocca a te, Oscar.»

«Allora – nella sua mente stava riepilogando le sue ragioni –. Se voi mangiate una torta, o una caramella, io vi dico qualcosa?»

Oscar si fermò, perché si aspettava un "no". Nessuno rispondeva, e allora se lo disse da sé: «No, perché so che a voi piace. So che a casa vostra voi mangiate i ricci di mare crudi, o anche le lumache bavose. E vi leccate i baffi». Disse «vi leccate i baffi» e si fermò a vederne l'effetto sui nostri volti: perché avremmo connesso il piacere del cibo con il «suo» leccarsi il muco. «E allora io vi ho mai detto: che schifo? A voi piace la torta e gustate le lumache. A me il muco. Mica vi costringo a mangiarlo anche voi.»

"Mica" era una parola che usavano anche gli assistenti, e brillava come una pietra di selce da quando avevo voluto vedere il vocabolario per capire cosa significasse. Ora aveva la lucentezza del muco che gli scivolava dal naso.

«E poi – concluse – quando cola a voi il muco dal naso, che fate? Non ve lo succhiate su?» Si fermò: «E sempre in gola vi va!».

In realtà non sapevamo che altro obiettare. Se non ci fosse stato il maestro, l'unica conclusione a questo ragionamento sarebbero stati schiaffi e calci, di nascosto dall'assistente: perché non c'è altro modo di aver ragione, messi di fronte alla ragione.

«Ma una cosa è il cibo esterno, un'altra è il muco, sporco e pieno di batteri», cercò di riprendere il maestro, visto che rinunciavamo a ribattere.

«E allora», rispose subito Oscar, «perché Fino mangia le ciliegie marce o anche la parte della frutta già con la muffa? E nessuno dice nulla?».

Abile coinvolgimento: tutti si volsero a guardarmi. E il maestro, preoccupato, mi domandò: «È vero?».

«E che c'è di male?», risposi, ma mi sentivo inquisito. «Non avete detto voi stesso che la penicillina è stata scoperta sulla muffa della frutta? E allora se la penicillina fa bene, fa bene anche la parte marcia della frutta. Penso io.» Già notavo lo sguardo schifato degli altri; ma anche sorpreso.

«No, no, ragazzi. Non facciamo confusione», per fortuna il maestro era intervenuto; sembrava ora irritato e impaurito per aver involontariamente indotto all'insano assaggio. «La frutta marcia non si deve mangiare. Sì, la penicillina è stata scoperta più o meno così, ma una cosa è il marcio e un'altra è la medicina.» Si interruppe solo per dire: «Vai a posto, Oscar». Poi riprese subito: «Adesso riparliamo della penicillina».

Ma la campanella suonò. E il direttore si affacciò alla porta per chiamarlo. Le lezioni per quel giorno erano finite. «Va bene, ragazzi, ne riparliamo domani. Ora state buoni, a posto, finché non arriva l'assistente.»

III

Di mosca e di stella

Dall'arrivo di Sandro, tutto restò come prima, ma tutto ebbe un'anima nuova. Bastava il suo continuo sguardo di disapprovazione per la nostra docile disciplina a inquietarci. Le sue genuflessioni sgangherate e le nostre graziose, busto eretto e ginocchio ad accarezzare il pavimento della cappella, mani giunte in un conquistato equilibrio alla mansuetudine. La sua estraneità, se non l'irrisione per i nostri giochi, per le puerili lotte di alleanze e di inimicizie. Grande e robusto com'era, non temette l'aggressione dei più forti; indifferente alle nostre piccole beghe, non disturbò i rapporti tra noi. E non fu disturbato. Era venuto da lontano, e continuò a essere per noi uno straniero. Non si sforzava come noi di spogliarsi in qualche modo dell'individuo che ci sta dentro. Quel nocciolo interiore, che niente ci appartiene di più (e sigillo della nostra perfezione era rinunciarvi, "snocciolarsi" e diventare morbidi al tatto degli altri). Questo, Sandro sembrava non capirlo, non lo avrebbe mai ammesso. Per lui, che viveva appollaiato sulle radici delle cose, l'individuo rimaneva etimologicamente indivisibile: non avrebbe potuto cederne parte a nessuno. Come l'ostia consacrata, che ogni più piccola particella conteneva Gesù tutto intero: e perciò il sacerdote puliva e ripuliva il calice e la patena, perché non ne rimanesse neppure un frammento. Per noi invece l'"io" era ormai quasi una scostumatezza, da non esternare e da non iniziarci nessun periodo. Perché subito don Marco ci avrebbe ripreso, scherzoso: «Io, io, io... Io era la vacca di Giove»; un oscuro riferimento mitologico trascinava il nostro piccolo egoismo a pascere in una disdicevole stalla.

Da Sandro imparammo tante cose. A giurare tirandoci il lobo dell'orecchio, per esempio: un modo tanto inconsueto e remoto, rispetto alla nostra semplice stretta di mano. O a leggere il nostro futuro con le mosche.

Prima che lui arrivasse, ci limitavamo a catturarle a volo con le mani, e poi a seviziarle. Milella era il più lesto: come un gattone impigrito nell'ultimo banco, non seguiva le spiegazioni del maestro e le interrogazioni, si distraeva durante i compiti, farfugliava e masticava le parole quando veniva interrogato. «Ma che dici? Non si capisce niente!», l'aveva interrotto un giorno il maestro.

«È di Bitonto», era intervenuto Iusco, trascinando la prima «o» per irriderlo; e aggiunse: «Bitontèse», in modo caricaturale. Era una citazione: da Totò, un film che avevamo visto il sabato precedente; ma il maestro non aveva colto subito. «Davvero sei di Bitonto?», aveva chiesto a Milella, che non rispose, ma scrollò la testa per negare e guardò Iusco di sbieco.

«Basta!», aveva intimato il maestro. Eppure un pensiero gli era affiorato, perché sorrideva. E il giorno dopo era tornato sull'argomento mostrandoci l'ilarità che il nome di Bitonto suscitava già presso i romani. «Tu sei di Bitonto, e sei due volte tonto», s'era lasciato sfuggire a filastrocca; ma poi non ci volle spiegare la parola, quasi pentendosi di una leggerezza, un sassolino innocuo che nelle menti fanciulle chissà quale frana poteva generare. E da allora lo chiamavamo Milella "tondo-tondo"; anche dopo che qualcuno sfogliò il piccolo vocabolario e capimmo.

Come un gattone sornione le mosche lui le catturava, per staccarne le ali, le zampette; per vederle spasimare nel laghetto nero del calamaio, infilato al centro del banco. Per infilzarne con il pennino il biancastro addome di pus.

«Sei crudele come un imperatore romano», lo rimproverò il maestro. Ma sapeva che lo facevamo tutti. E perciò ci raccontava una delle sue solite fiabe bellissime, che incominciavano sempre duemila anni fa. Un refolo di immaginario attraversava distese millenarie per deporre granelli di stupore sui nostri banchi, come dopo uno scirocco sul davanzale delle finestre restava la patina di polvere rossa. «È sabbia del deserto africano», diceva lui. E noi guardavamo sulla carta geografica: «Da così lontano?». O come un fiume carsico scompare nelle viscere della terra e riappare alcuni secoli più in là, verso il mare: il tacito Timavo.

«Molto tempo fa, dunque, c'era a Roma un imperatore feroce e disumano, che si chiamava Domiziano. Lui si divertiva a uccidere i cristiani, che credevano in Gesù. Ma dovete sapere che la sua vocazione allo sterminio non gli spuntò all'improvviso, maturò via via con gli anni; e sin da bambino si esercitò, con la cattura delle mosche. Anche lui le acchiappava e le trafiggeva con uno stilo appuntito. Come d'altronde fate voi con i pennini. E voi volete diventare come Domiziano?», chiedeva scrutandoci. «Chi non ha pietà degli animali, può alla fine non aver pietà degli uomini.»

«Ma sono le mosche a non aver pietà di noi, a darci fastidio», interveniva il saputo Oscar, che riusciva a dire bene i pensieri che ognuno di noi avrebbe voluto dire.

Non era lusinghiera l'idea che, senza saperlo, noi facevamo qualcosa che persino un re aveva fatto tanto tempo prima di noi?

A proposito di mosche fastidiose, il maestro ci raccontava la storia di un certo Tobia, che era un uomo paziente e che catturò una mosca che si posava sul naso, e apriva la finestra dicendo: «Cara mosca, nel mondo c'è posto per tutti». E fuori la lanciava. Sicché per un giorno, tutti che si alzavano dal banco a lanciare le mosche dalle finestre spalancate. Finché l'assistente non ce lo vietò con l'aria di dire: «Volete fare i furbi con me?».

Ecco, dopo l'arrivo di Sandro capimmo che non tutte le mosche dovevano morire: quelle che predicevano una buona sorte meritavano salva la vita, quelle di malaugurio invece la tortura e la morte.

«Cattura una mosca», ordinava Sandro. «E portamela. Ma dev'essere acchiappata da te, non da altri. Se no, non vale.»

Cominciava così un fiducioso rito di divinazione. Chi voleva conoscere il suo avvenire, doveva procurare al piccolo aruspice anche un foglio di quaderno, non spiegazzato. Quando l'insetto era stato preso, lo si immergeva nel calamaio per un veloce lavacro d'inchiostro, e subito veniva prelevato e posato sulla carta candida. Tutti intorno al banco di Sandro, ipnotizzati dalle sue mani aperte che rimescolavano l'aria a pochi centimetri dal foglio. Mentre la mosca, madida di liquido nero, incominciava ad aggirarsi sul foglio, lasciando una traccia continua, e piccole macchie quando cercava di scrollare le alucce impregnate, per tentare un impossibile volo di fuga. Magiche e incomprensibili le formule che Sandro pronunciava: forse era solo il dialetto delle sue parti.

«Basta. È sufficiente», diceva a un certo punto. La mosca veniva staccata dal foglio e riposta su un altro, già tutto scritto e inutilizzabile. Anche lei in attesa del suo destino.

«Questo cerchio qui significa che tu stai chiuso», incominciava solenne. Ma tutte le mosche lasciavano quasi sempre una traccia circolare, perché con un'ala più zuppa e più pesante dell'altra, l'insetto tendeva a spostarsi lungo una curva, come fa una macchina che ha perso una ruota. «E starai chiuso molto tempo, perché il cerchio è grande. Forse farai ancora tanti anni di collegio. Però dopo esci: vedi questo segno?»

È da questo punto che l'interpretazione del destino di ognuno di noi tendeva a variare. Le macchioline, le tracce, i percorsi a zig-zag andavano letti in connessione tra loro. Perciò rimasero sempre imperscrutabili. E poi, anche gli elementi esterni che accadevano durante la funzione intervenivano a influenzare il futuro: un lampo nel cielo, qualcuno che inavvertitamente accendeva o spegneva la luce in aula, se il maestro o l'assistente entrava in quel momento dalla porta davanti o da quella di dietro: tutto aveva il suo significato, secondo Sandro. Solo lui poteva leggere i dettagli, e di ogni elemento poteva sapere i più reconditi sensi.

E credo che allora lui si divertì molto alle nostre spalle. Pochi furono i buoni futuri preconizzati, e in genere per i pochi che gli erano simpatici. Io, per esempio: il mio cerchio era sì grande, ma armonioso, e una volta uscita dalla circonferenza la mosca aveva preso a salire... «Buon segno», disse lui, senza sorridere nemmeno un po'. Molti erano i destini cattivi.

Ciò che avvenne allora è presto detto: molte mosche dovettero morire.

Il maestro si accorse del rituale e rimproverò Sandro più di una volta. E però colse l'occasione per raccontarci mille altri modi – fasulli naturalmente, sottolineò – di leggere la sorte: dalla posa del caffè alle linee della mano.

«Ma molti anni fa – soggiunse, e noi già balzammo indietro con la mente nei secoli – nell'antica Roma, c'erano delle persone che facevano questo mestiere. Si chiamavano àuguri (con l'accento sulla à, se no diventa augùri). Loro interpellavano il volere degli dèi. Come? Osservando i movimenti degli animali, come fate voi con le mosche; scrutando il volo degli uccelli, e tenendo conto anche degli incidenti che potevano accadere durante il rito. Anche uno starnuto improvviso poteva essere di buono o di cattivo augurio. Poi c'erano gli arùspici, che invece leggevano il destino di un uomo dalle viscere dell'animale sacrificato.» E la mia mente volò a casa, quando mio nonno riceveva dal macellaio per pochissime lire le "intrame", le interiora: che schifo, dicevamo. La puzza. E lui, con tanta pazienza le lavava in una tinozza e le rilavava, finché non divenivano candida trippa, da fare braciole e da cucinare a fuoco lento con l'alloro oppure da abbrustolire in velocità sulla graticola, dopo averla tagliata a pezzi con le forbici.

Piuttosto che diminuirne l'autorità, il riferimento all'antica Roma aumentò il nostro timore verso Sandro. E fu meno amato di prima.

E tuttavia il maestro continuò a seguirlo con interesse, a coinvolgerlo nei giochi e nelle gare che organizzava durante le ore di lezione. Un giorno lo proclamò "il più intelligente" perché aveva la testa più lunga. «Dolicocefalo», disse lui: un termine che subito trascrissi nel quadernetto nero con le coste rosse, il quadernetto per le paroline nuove da tenere a mente. Tutti facemmo passerella davanti alla cattedra, e a tutti palpò il cranio, valutando con solennità le allungate capacità dei nostri cervelli.

«Pericle», disse con mistero, «che fu il più grande e il più intelligente politico della Grecia antica, aveva una testa così lunga che era costretto a tenere sempre in capo l'elmo, per non sfigurare». «Però», soggiungeva, «l'intelligenza non basta averla, bisogna farla fruttare. Come? Con lo studio. Se no, si arrugginisce e poi non funziona più. Ma voi lo sapete che c'era un popolo che viveva su un'isola chiamata Mitilene?». Era ovvio che noi lo ignoravamo: questo pensiero gli leggemmo stampato sul volto; e così prese la lunga stecca di legno che aveva accanto alla scrivania e che serviva anche a battere sulla cattedra per richiamare al silenzio; ne poggiò la punta sulla carta geografica, a destra della Grecia, che con lui avevamo imparato a riconoscere. «Una di queste isole», indicò il nugolo di macchioline sull'azzurro del mare. «Bene, quando gli abitanti di quest'isola divennero signori del mare, stabilirono una strana punizione per gli alleati che si ribellavano al loro dominio: impedivano ai loro figli l'istruzione. E anche l'apprendimento della musica.» «Geniali!», chiosò subito. «Perché lo fecero?», ci domandò dandosi subito la risposta: «Perché ritenevano che vivere nell'incultura e nell'ignoranza fosse il peggiore di tutti i castighi», gli brillavano gli occhi. «Poter studiare è un dono...», lasciò in sospeso, sapendo che avremmo obiettato. Mentre attendeva la nostra reazione, bussarono alla porta: l'assistente si affacciò e lo invitò a uscire nel corridoio.

«State buoni. Vengo subito.» Non disse come al solito: «Favia, fa' il capoclasse!».

Nell'attesa si potrebbe giocare. Non so: ad aprire a caso il sussidiario, a coprire con la mano le didascalie delle foto e a vedere se l'avversario sa dire che cosa c'è scritto sotto. E poi tocca a lui scegliere una foto, coprirne la didascalia, che tu devi indovinare.

Oppure si può fare il gioco della carta geografica: uno stabilisce il nome di un fiume o di un monte o di una città scritti sulla mappa; e l'altro deve indicare dov'è. Nomi microscopici naturalmente, per mettere in imbarazzo l'avversario. Anche a questo gioco Sandro cambiò le regole: lui, sulle variopinte e intricate superfici delle carte, non sceglieva i nomi scritti in caratteri impercettibili, che per se stessi erano vittime di un indizio evidente e subito venivano scoperti, ma sceglieva i nomi a caratteri cubitali. Per esempio: CINA. Così grande, ma disseminato su un'area tanto vasta da sfuggire – pur nella evidenza macroscopica – all'osservazione del concorrente. Credo che dovetti molto ammirarlo per questo se ancor oggi, a distanza di anni, me lo ricordo. Un trucco geniale, e certo non gliel'avrà insegnato Dupin, in cerca di lettere rubate.

«Che stavamo dicendo, allora?», il maestro era rientrato improvvisamente dall'altra porta, e Signorile si sentì colto in flagrante, indeciso se correre al suo posto o cancellare in tutta fretta la scritta sulla lavagna. «Fermo!», intimò il maestro, mentre la faccia del ragazzo esprimeva: "accidenti!".

SCEMO CHI LEGGE c'era scritto. Una formula magica sembrò in quel momento, se è vero che il maestro parve dapprima attratto e, quindi, avvicinatosi, quasi paralizzato: un'idea curiosa lo attraversava, se il suo capo si piegò da una parte e poi dall'altra, lentamente, per valutare appieno il significato di quelle parole. «Bene», disse rivolgendosi agli alunni azzittiti. «Ora non posso sfuggire al fatto che anch'io sia scemo, visto che ho dovuto leggere la frase.» Si fermò ancora: «È un incantesimo, questo. Quando le parole determinano un fatto reale, quando hanno una tale forza concreta...». Voleva spiegarci qualcosa, che però era difficile da dipanare. Riuscì solo a dire: «Simpatico», quasi tra sé. Infine fece un gesto che significava "lasciamo stare".

«Cos'è simpatico, maestro?», chiese Oscar, l'unica mente che pareva cogliere l'energia fugace di un pensiero, ancorché non espresso. Il maestro lo guardò, e cedette: «Ci sono parole che incatenano. Certo "scemo chi legge" è uno scherzo, che gioca tuttavia sulla inevitabilità, perché mentre stai leggendo t'accorgi che sei cascato nella trappola. Parole ineluttabili», disse teatralmente pur temendo di non aver chiarito perfettamente l'arguzia che si celava nello scherzo così banale. «Per farvi comprendere meglio, vi voglio raccontare una storiella, antica. Quella dei due innamorati e dell'inconsapevole giuramento.» Un ragazzo e una ragazza, incominciò a narrare, si incontrano durante una festa sacra. Lei è bellissima e ha già tanti pretendenti; ma il giovane, che si chiama – il maestro si guardò intorno e scelse il nome di Macrì –, che si chiama Sandro, non si scoraggia e, ispirato dal dio dell'amore, scrive su una mela la frase «Per dio, giuro che sposerò Sandro». Getta la mela verso la ragazza, che curiosa la raccoglie e legge cosa c'è scritto sopra; lo legge ad alta voce, com'era naturale a quel tempo. Allora si leggeva tutto a voce alta. Tutti i presenti ascoltano allora il giuramento della ragazza, sgomenti: niente possono più fare i genitori e gli altri pretendenti di fronte a questa promessa fatta al dio. La giovane dovrà sposare l'astuto Sandro.

«È una favola», concluse il maestro, temendo di avere ceduto alla tentazione dell'enfatico. «Bella, no?»

«Però lei non voleva. Insomma è stata costretta... Così non vale!», obiettò Signorile, anche un po' orgoglioso di aver causato con il suo scherzo un supplemento narrativo, e non un rimprovero.

«Maestro», alzò la mano Oscar, scuotendola in aria a manifestare l'urgenza del suo intervento. «Allora è come durante la messa, che il prete pronuncia le parole "questo è il mio corpo" e così, come per una formula magica, l'ostia diventa il corpo di Gesù?»

«Sforza?», interruppe il maestro comprendendo la piega che avrebbe potuto prendere il discorso. «Sei un bel tipo, tu. Non è la stessa cosa: non si mescola il sacro con il profano.» E subito, rivolgendosi a Signorile: «Ora cancella».

«Maestro, maestro», alzai la mano in quel momento nell'euforia di partecipare al convegno delle asserzioni interessanti. «Allora è come la comare Tanarosa, che abita vicino a casa.» Tutti aspettavano di sentire la mia rivelazione; il maestro faceva cenno con la testa per dirmi "continua, ma in fretta". «Tanarosa caccia i vermi dalla pancia dei bambini con le parole...»

«Veramente?», sembrò incuriosito, mentre percepiva che la pratica era ben nota anche agli altri, che confermavano "sì, sì". «E cosa dice questa guaritrice?»

«Be', dice delle parole strane. E poi fa i segni della croce con il dito grosso sull'ombelico per spezzare i vermi; e strofina anche l'aglio. E la pancia poi non fa più male.»

Tutti ora avevano qualcosa da rivelare; alzavano la mano, uscivano dai banchi per imporre il loro intervento.

«Zitti, zitti un po'.» Dopo uno sguardo minaccioso: «Anche Gesù, lo sapete, impastò la terra con la sua saliva e guarì il cieco dicendo la parola *effatà*. Ma quelli di Cristo erano miracoli, queste invece sono superstizioni!». Il discorso era da ritenersi concluso. Solo Sandro, nonostante il coinvolgimento, non era intervenuto; aveva lo sguardo compiaciuto di chi sa mille cose, da tenere segrete.

E una sera, mentre infuriava la ricreazione, lo vidi in disparte in un angolo semibuio, con la testa in su. Il cielo era un groviglio di lucette. Mi avvicinai: «Tutto bene?», chiesi convinto che la sua scorza non si era affatto ammollita, e mi avrebbe mandato male. «Cosa stai vedendo?», dissi incoraggiato dalla sua tolleranza inconsueta.

«Cerco la mia stella.»

«Perché, tu ci hai una stella tutta tua?»

«Ognuno di noi ha la sua. Ed è più o meno brillante, secondo la fortuna che si ha nella vita. E alla fine muore con lui.»

La mia stella doveva essere piccolissima, ché non valeva la pena di andarla a cercare e di accecarsi gli occhi. E tuttavia mi sembrò potentissima l'idea che lassù qualcosa potesse dipendere da noi, così minuscoli. Che quaggiù fossimo noi il firmamento, il vero sostegno del cielo.

IV

I figli dei morti

Non so cosa mi prese un giorno. Nel bel mezzo dell'ora di geografia, chiesi: «Signor maestro, il mare Mediterraneo non pare una bocca spalancata e profonda, dove si vedono le tonsille, che è l'Italia?». Dissi «tonsille».

«Ugola», precisò il maestro. «E l'Italia infatti è una nazione famosa per il canto e l'allegria. Bravo. Ma in genere, se veramente vogliamo vedere una forma più adatta alla penisola, l'Italia assomiglia più a uno stivale, e così la sentirete a volte chiamare. E noi siamo il Tacco d'Italia.» È vero: sembravano tutti confermare.

«E allora», sbottò Sandro in uno dei suoi rarissimi interventi, tanto imprevisti che ci lasciavano stupiti, «anche l'Africa pare proprio un teschio di morto».

Dirigemmo tutti attentamente lo sguardo sulla nostra vecchia carta geografica appesa al muro. Sì, un po' pareva un cranio, ma non tanto. "Quello ha in testa sempre la morte", pensai. Come quando ci raccontava le sue storie di redivivi, morti del suo paese che erano tornati alle case per vendicare un tradimento e tirare i capelli alla moglie, o per dire a un figlio dove aveva nascosto i soldi. E noi lì ad ascoltarlo, rannicchiati sui gradini delle scale durante le ricreazioni piovose. Le suicide per amore portavano un fazzoletto nero in testa e al cancello dei cimiteri chiedevano, dopo il crepuscolo, un passaggio agli uomini in lambretta e li stringevano da dietro con le mani fredde e si lasciavano accompagnare vicino a un portone e poi l'indomani si sapeva che erano state sepolte un anno fa. Tutti morti inquieti, i suoi.

I morti Sandro li conosceva meglio di noi. Ormai da più di un anno noi non andavamo in corteo ai funerali. Proprio io le ultime volte ero svenuto per l'odore dello spirito che impregnava le stanze da letto, dove erano allestite le camere ardenti. Era anche quello un modo per guadagnarci da vivere: e a noi orfanelli non ci costava nemmeno tanto; anzi, tutto si risolveva in un pomeriggio di vacanza e di passeggio.

Quando arrivavano gli orfanelli – noi –, belli, puliti, in fila per due, con le mantelline, tutti ci guardavano con pietà e ci facevano spazio nella stanza del benefattore defunto, perché recitassimo il rosario all'anima sua. I lamenti laceranti delle donne cessavano, dopo che qualche parente – la moglie, la madre, una figlia – aveva interpellato il defunto: «Vedi sono qui per te anche gli orfanelli! Quanto bene hai fatto tu, quanto bene!». Alla luce delle candele i volti cerei e le mani callose dei contadini, «*gloria patri et filio...*». Il fazzoletto bianco avvolgeva il mento della salma per tenerne chiusa la bocca, dalla quale usciva qualche rara bollicina, ultimo brandello di un respiro perduto, e così io pensavo che era ancora vivo e si poteva alzare da un momento all'altro sul letto, come nei documentari della San Paolo Film, dove c'era uno che si sollevava da dentro la bara e con voce rauca diceva che era finito all'inferno e che i suoi parenti dovevano diventare pii per non fare la stessa fine.

«*Ave Maria, gratia plena...*», e pensavo che doveva sapere di sale quella carne grigia. Perché quando morì mio padre – io non capivo e ostinatamente non mi volevo avvicinare –, mio nonno mi prese in braccio e mi forzò a baciare le mani del morto e sentii che erano fredde e sapevano di sale. Mio padre era un ragazzo, questo era un vecchio. Ma anche mio padre se ne andò con un fazzoletto bianco sotto il mento allacciato in testa a chiudere la bocca, a impedirgli gli ultimi sospiri di rimpianto.

«Nel quarto mistero doloroso si contempla...», e qualcheduna indicando il morto sussurrava alla vicina: «Guarda, ora è andato via: la faccia si è calmata». Accanto al morto, d'estate, le parenti agitavano i ventagli per scacciare le mosche; e io temevo che queste venissero sulla faccia mia, dopo aver toccato gli umori della morte. Ma una volta che andammo a un funerale, che la defunta era una bambina, la trovammo già nella bara bianca – che non si vedeva nemmeno e dovevi alzarti sulle punte per capire che volto aveva –; e sopra al tabuto avevano steso un tulle bianco. Contro le mosche.

«*Requiem aeternam...*» E io cominciai a sentire le gambe molli, la testa – se l'avessi lasciata cadere – sarebbe scivolata giù dondoloni. La puzza di chiuso e di dolore, le corone di fiori ormai marcescenti, l'alcool... Mi ritrovavo fuori all'aria fresca tra qualche signora vestita in nero: «È solo un bambino. Ma gli danno da mangiare? Poverini».

Poi si andava al cimitero, in processione davanti alla carrozza o alla macchina funebre. Sempre con il rosario in mano, in due file allargate, e il prete assistente ci passava in mezzo. «*Dies irae, dies illa...*» L'ultima volta, io con lui per mano, e a intervalli: «Come ti senti?».

Dapprima non mi mandarono più con i compagni ai funerali dei benefattori, poi non ci mandarono nemmeno gli altri, perché si potevano impressionare troppo: gli urli, il dolore, le contorsioni delle donne quando il tabuto veniva condotto via da casa. Non era il caso: eravamo già abbastanza sventurati di nostro, decretò il direttore. E, poi, sempre con la morte davanti agli occhi, eravamo: segnati.

Ogni prima domenica che tornavo a casa in vacanza, a Natale, Pasqua e a fine scuola, era il giorno del cimitero. Per arrivare al campo 21, dove era la tomba di mio padre, si passava dalla zona monumentale, i sepolcri belli con le statue, le lastre piene di lodi del defunto, le colonne mozzate o coperte da manti marmorei... In una borsa mia madre portava le pezze, il secchiello, lo scopettino per pulire la tomba; i fiori garofani e il cero con l'involucro rosso li comprava davanti all'ingresso del camposanto. Giunti davanti alla tomba, il bacio con le dita sulla foto smaltata di papà; e uno sguardo intorno, a cercare la pregamorti, la signora del rosario da arruolare per le preghiere dovute. Veniva la vecchia e si sedeva di fronte alla tomba, per non intralciare, sul suo sgabellino; e prima di cominciare a snocciolare giaculatorie e salmi, faceva la creanza; domandava dei bambini («ah, questo è quello che sta in collegio?»), di lei («ti aiutano i tuoi? Con tre figli come ce la fai?»), dei fiori ancora freschi («sono di tua suocera?»); quindi raccontava la cronaca del mondo dei morti. Nello stesso campo, alla fine, avevano seppellito tutta la famiglia Percoco, vittime del "mostro di via Celentano", il figlio loro stesso: una storia che aveva impressionato la città e le colonne dei giornali, e che ritornava anno dopo anno a far parlare di sé, nelle tappe di un processo pieno di astuzie. Ma come aveva fatto quel giovinastro ad ammazzare padre, madre e fratello, e a chiuderli nell'armadio e a dare festicciole ogni sera con i soldi messi da parte? La cronaca si arricchiva di nuovi elementi: la puzza che si sentiva; lui che gettava nella stanza l'acqua di colonia; il sangue che non voleva sparire dal pavimento, o – secondo le varianti – dalla vasca da bagno; le voci dei morti che si sentivano di notte, come i lamenti dei gatti... «E mo' dicono che era matto, così non ci va in galera!», sosteneva con disappunto la vecchia. «A morte, a morte dovevano mandarlo! Figlia mia, dovevi vedere come piangeva la sorella di lei l'altro giorno!» Poi, quasi facendo una confidenza: «La casa il proprietario non riesce neppure ad affittarla, ché puzza ancora di cadavere!».

Mia madre dice "sì, sì" mentre lava la lastra, cambia i fiori, mi manda alla fontana (malvolentieri: le storie della pregamorti mi affascinano) a riempire i vasetti di ottone; «Non ti bagnare!». E quando torno, la vecchia ha già intrapreso le preci, biascicate velocemente. Mia madre ha il tempo di sistemare con garbo i fiori, mi fa accendere il cero e si premura che, inserendolo nella celletta, io non chiuda completamente la finestrina di vetro, perché la fiamma non si spenga per mancanza di ossigeno. Ora è lì ferma, in piedi, versa qualche lagrima di rassegnazione, mentre la vecchia sembra sorriderle per incoraggiarla. Anche lei è stata una vedova. Quando finisce la sua liturgia, lo si capisce perché ci invita a recitare l'ultimo requiem, insieme. Dopo una pausa, per dare il tempo a mia madre di trovare i soldi nel borsellino, concede un supplemento di cronaca: «Quante donne si stanno ammazzando», dice. «Chi beve la varichina, chi si prende l'insetticida e chi il ddt; chi si getta dal balcone...», sospira. S'accorge che la notizia non è incoraggiante e allora cambia tono. Mostrando il campo attiguo con qualche tomba e molte fosse aperte: «Madonna santa! Non sai che è successo l'altro giorno! Una signora, nell'altro campo, era venuta a trovare il morto fresco; ma mentre si era chinata a sistemare i fiori, il terreno della fossa vicina è franato sotto i suoi piedi, e quella è caduta dentro proprio mentre i becchini stavano per depositare la nuova bara. Ma uno di questi, per acchiappare quella che ci cadeva, ha lasciato la presa dal tabuto. Non ti dico, gli altri due non ce la fanno a tenere la cassa, che è caduta sulla signora. Con le funi l'hanno dovuti riprendere, il tabuto e la signora». La pregamorti ci guardava, per gustarsi i nostri occhi sgranati, e quella punta di incredulità che c'era nella domanda di mia madre: «Ma si è fatta male?». "Non tutti sono uguali", avrà pensato la vecchia: "Le altre vedove si sono messe a ridere e questa invece le viene la compassione!".

Quando la vecchia si allontanava, mia madre andava alla fontanella a sciacquare il secchiello e riempirlo d'acqua pulita. Tornava, girando intorno alla tomba, versava lentamente l'acqua sul terreno accanto al marmo: «Defriscque all'anima to', defriscque all'ossere to'», diceva sommessamente ("refrigerio alla tua anima, refrigerio alle tue ossa"), quasi in un rito di libagione riaffiorante da chissà quali depositi della memoria.

Per molto tempo non ho visto un morto, dopo che il superiore bloccò le passeggiate funebri di noi orfanelli. E fece smettere l'"esercizio della buona morte", che don Ambrogio aveva voluto instaurare da qualche mese, una volta al mese. E me ne dispiacque. Ma quella strana preghiera, torbida e fascinosa come un film horror, me la sono conservata. E la scena di me che volo tra le nuvole accompagnato da una colonna sonora scandita come una marcia funebre non me la dimentico. Da lassù io guardavo con terrore e voluttà il mio corpo, la mia bocca esalare l'ultimo respiro.

PREGHIERA A GESÙ CRISTO

Gesù Signore, Dio di bontà, Padre di misericordia,
io mi presento innanzi a Voi con un cuore umiliato,
contrito e compunto e Vi raccomando la mia ultima ora
e ciò che, dopo di essa, mi attende.
Quando i miei piedi immobili mi avvertiranno
che la mia carriera in questo mondo è presso a finire:

"Misericordioso Gesù, abbiate pietà di me"
(*si ripete a ogni invocazione*)

Quando le mie mani, tremule e intorpidite,
non potranno più stringerVi Crocifisso,
e, mio malgrado, Vi lascerò cadere sul letto del mio dolore...

"Misericordioso..."

Quando i miei occhi, offuscati e stravolti
dall'orrore della morte imminente,
fisseranno in Voi gli sguardi languidi e moribondi...

"Misericordioso..."

Quando le mie labbra, fredde e tremanti,
pronunzieranno per l'ultima volta il Vostro Nome adorabile...

"Misericordioso..."

Quando le mie guance, pallide e livide,
ispireranno agli astanti la compassione e il terrore,
e i miei capelli, bagnati dal sudore della morte,
sollevandosi sulla mia testa,
annunzieranno prossima la mia fine...

"Misericordioso..."

Quando la mia immaginazione,
agitata da orrendi e spaventevoli fantasmi,

sarà immersa in mortali tristezze
e il mio spirito, turbato dall'aspetto delle mie iniquità
e dal timore della Vostra giustizia,
lotterà contro l'angelo delle tenebre che vorrà togliermi
la vista consolatrice delle Vostre misericordie
e precipitarmi in seno alla disperazione...

"Misericordioso..."

Quando il mio debole cuore,
oppresso dal dolore della malattia,
sarà sorpreso dagli orrori di morte e sarà spossato dagli sforzi
che avrà fatto contro i nemici della mia salute...

"Misericordioso..."

Quando verserò le mie ultime lacrime,
sintomi della mia distruzione,
ricevetele, o mio Gesù, in sacrificio di espiazione
affinché io spiri come una vittima di penitenza:
e in quel terribile momento...

"Misericordioso..."

Quando i miei parenti e amici, stretti a me d'intorno,
s'inteneriranno sul dolente mio stato e invocheranno per me...

"Misericordioso..."

Quando avrò perduto l'uso di tutti i sensi,
e il mondo intero sarà sparito da me e io gemerò nelle angosce
della estrema agonia e negli affanni di morte...

"Misericordioso..."

Quando gli ultimi sospiri del cuore
sforzeranno l'anima mia a uscire dal corpo,
accettateli come atti di una santa impazienza
di venire a Voi, e Voi...

"Misericordioso..."

Quando la mia anima starà per uscire per sempre
da questo mondo, e lascerà il mio corpo
pallido, freddo e senza vita,
accettate la distruzione del mio essere come un omaggio
che io vengo a rendere alla Vostra divina Maestà; e allora...

"Misericordioso..."

Finalmente quando l'anima mia comparirà innanzi a Voi,
e vedrà per la prima volta
lo splendore immortale della vostra Maestà,
non la rigettate dal Vostro cospetto, ma degnatevi di riceverla
nel seno amoroso della Vostra misericordia,
affinché io canti eternamente le Vostre lodi...

"Misericordioso..."

Molte volte ho fantasticato di morire. Sotto le coperte, aspettando che il sonno mi avvolgesse, tenendo tra le mani il rosario con i grani fosforescenti, perché l'assistente – sospettando chissà quali pratiche sconce stessi effettuando con la testa sotto le lenzuola –, spostandone il lembo di soprassalto, mi trovasse innocente. Immaginavo di morire, e vedevo il dolore e il rimorso di mia madre, vedevo il senso di vuoto dei miei compagni, il banco, il letto, il posto in refettorio liberi (ma per poco), i piccoli oggetti prestati all'uno o all'altro, e che ora diventavano una eredità non reclamata. E per un po' di tempo si sarebbero sentiti più amici, come quando, dopo le vacanze di Natale, Abaticchio e De Santis tornarono accompagnati dai parenti solo per salutarci e riprendere la loro roba e De Santis ci lasciò le matite, i piccoli aggeggi che a lui non sarebbero serviti più (a me, un pezzo di marmo da tenere nel tiretto del comodino, e da applicare freddo sulla pancia, per frenare la cacca, quando nella siesta pomeridiana d'estate mi scappava e non potevo alzarmi per andare al cesso, prima del segnale di «Sveglia!», perché mi sarei beccato una punizione). E allora una silenziosa comprensione ci avvinceva per due giorni, e il maestro ci disse che così anche la serie di lampadine del presepe, che brillavano di più quando se ne fulminava una. E io indagavo se era poi vero: bello era comunque il pensiero di un'energia che non si dissolveva ma che si distribuiva negli altri superstiti.

Se morivo, qualcuno avrebbe pianto per me. E intanto, sotto le coperte, qualche lacrima mi scivolava dagli occhi e avvertivo nel ventre la calda dolcezza di commiserarmi. Così sopraggiungeva il sonno con la morte compagna. E la mattina, sotto gli occhi sentivo la pelle incrostata da una pellicola fine fine che si sgretolava quando aprivo le palpebre. Le lacrime secche.

V
Pulviscolo di storie

I libri li ho conosciuti tardi. L'unico che allora mi appartenesse veramente era un *Ragazzi della via Pal*, che mia madre aveva ritirato in dono dalla befana per gli orfanelli. Era tornata – quel giorno di umiliazione e di questua – con la mazza da baseball, una sciarpa, cioccolatini, un paio di calze, uno stock di fazzoletti colorati con le righe bianche agli orli, che sembravano strofinacci, e un libro.

Potei riportare con me in collegio solo la biancheria. Il libro fu custodito sotto il letto, a inumidirsi in una scatola di cartone, insieme alla mazza da baseball – inutile in cucina come matterello – e ai doni di mia sorella. Perché mia madre era per la "conservazione": «I compagni te lo strapperebbero», mi disse. A mia sorella, invece, per anni continuò a dire: «Poi li rompi. Ed è peccato». In realtà voleva evitare i litigi con le vicine, quando le altre bambine si accoccolavano per giocare e sua figlia faceva "la tosta" e non permetteva che le toccassero le bambole, le tazzine di porcellana, i vestitini della pupa... Le loro mamme allora tentavano la diplomazia: «Fai la brava, giocate insieme...»; e infine, di fronte ai lamenti delle figlie, venivano e le strattonavano: «Entra dentro casa, tu!», minacciavano le figlie. «Dobbiamo vedere, quando verrà lei a chiederti di giocare con te!» E così le questioni dei piccoli diventavano lotte per i grandi. Perciò, belli e incartati, i giocattoli – servizi da caffè in miniatura, bamboline, chitarrine... – tre giorni dopo la befana giacevano sotto il letto, pronti a prendere il volo l'anno prossimo, del tutto nuovi, doni di Natale per le cuginette ancora più povere di noi. Allora, come al solito, mia sorella piangeva e strepitava per una intera settimana. Le cugine, invece, continuò a odiarle per una vita, ma infine ridendoci su. «Strega», la rimproverava mia madre. «A quelle la befana non entra in casa, e a te invece porterà un'altra bella cosa!» Ma si vedeva che era compiaciuta che la bambina mostrasse amor proprio e unghie affilate: così nella vita non le sarebbe capitato come a lei, che era stata troppo remissiva.

Sussidiario, lettura, vocabolarietto, libretti di devozione: in collegio nulla più di questo. E, in realtà, *I ragazzi della via Pal* ce l'avevano fatto vedere al cinema, e di leggerne la storia non avrei avuto voglia. La nostra era una cultura ancora orale. Le favole del maestro e mille poesie imparate a memoria, come in un solfeggio: tutti insieme a declamarle, quasi fossero i dieci comandamenti. (Il primo incontro tra me e la scrittura fu l'impronunciabile: mio padre, i primi giorni di scuola, tornato la sera da lavoro, la cinghia minacciosa sul tavolo, «non ha da essere ciuccio come a me!». Apriva il suo vecchio libro di lettura con tante figure: «Leggi qua». E io non riuscivo a sillabare la prima parola. E nemmeno lui. «Ho due uova e al mercato me ne vo...»: diceva la prima riga. Inciampammo subito in quella lettera a forma di stampella, H. «Come si legge?» Buh. «Che fai a scuola, dormi?» E a ogni passo che sentiva sulle scale, nel buio, mio padre s'affacciava a chiedere: «Comare Cecilia, mastro Antonio,

Lorenzo... come si legge questo?», indicava alla luce fioca della soglia l'H. Gli altri lo guardavano strano, ché ne sapevano meno di lui che almeno aveva fatto per tre anni la terza elementare. E ora tutti si facevano una risatina su di lui che voleva fare il maestro: facevano bene a chiamarlo "capacchione". E alla fine mia madre, che aveva fatto fino alla 5ª – la V rossa sul braccio del grembiule – senza essere mai bocciata, ripeté: «È come dico io: non si pronuncia». «E che ci sta a fare allora qui?», s'impuntava mio padre. «Per bellezza», sorrideva lei per celia, «perché noi sulle gonne non facciamo le tasche false con la loro brava pistagnina? Manco servissero davvero».)

In realtà un libretto lo possedevo, e gelosamente. Conteneva solo una interminabile poesia che il maestro volle un giorno recitarci in classe. S'iniziava così, perché a lungo andare la imparai a memoria:

Fratello in povertà
è l'ora d'ogni addio
ad ogni venerabile Nome
che ricorre nell'antichità,
Socrate, Cristo, Dante,
tre Giusti,
a morte condannati
dai profeti di sciagura.
Dall'intima mia fonte
guardo fremente il mondo
reso sterminatore
sovra ogni altro consiglio di guerra:
fra queste basse ruote dei serpenti
non c'è neppure quest'astuzia mesta:
il pentirsi di quanto all'uomo spiace.

Questo era l'inizio, ma continuava. Mi impressionavano molto quelle basse ruote guizzanti di serpenti e quell'astuzia così rattristata da far tenerezza. Il maestro a un certo punto si fermò dubbioso: forse – pensò – non interessava a dei bambini una cosa così ermetica. Gli sembrava di infliggerci una tortura gratuita. «Bene, smettiamola qui», troncò netto.

«Ma no, continuate. È proprio bella», dissi io, accorgendomi che anche altri lo pensavano.

«Cosa ti ha colpito di questi versi?», mi interrogò, per capire se la mia non era solo piaggeria. «Che cosa significa, secondo te?»

«Non so», dissi preso alla sprovvista. «È come una musica. Che significa una musica?» Ero sconcertato. Ma era così: a me facevano un piacevole effetto persino i problemi di aritmetica, che saltellavano in cadenza poetica: "Un uomo va al mercato, / compra tre chili di mele. / Ogni chilo è a 10 lire. / Quanto l'uomo pagherà?...".

Ecco, mi ero guadagnato una copia di quella lunga poesia che era un estratto da un volume. Che poi tentai di archiviare nella memoria, senza mai capirci granché. D'altronde, cosa mai capivo del Credo e del Gloria, per giunta in latino? Non riuscivo a pronunciare neppure il nome di chi ne aveva firmato la brevissima prefazione, che era Hrand Nazariantz. «Un profugo armeno», aveva spiegato il maestro. «Un grande poeta che potrebbe vincere anche il Nobel, un premio letterario molto ambito.»

In realtà la nostra vera biblioteca si proiettava ogni sabato. Quasi ogni sabato. Se quel giorno don Marco non si vedeva a pranzo, c'erano buone probabilità che in serata, dopo la doccia e la cena, ci fosse il cinema.

Mai eravamo posseduti da tanta eccitazione, come nell'attesa di ammirare le prime traballanti ombre adagiarsi per incanto e aderire alla bianca parete del refettorio, adattarsi ai bozzi di umidità, ai chiarori lasciati da una cornice o dal crocefisso rimossi temporaneamente, ai segni dei chiodi che a volte, sui primi piani dei fotogrammi, sembravano dei nèi semoventi sul viso dei protagonisti.

Dopo il coro di "scc, scc" per incitarci al silenzio, seguivano le immancabili minacce degli assistenti. Ai quali bastava frapporre una mano sul proiettore: il quadro scompariva, lasciando sul muro qualche brandello di luce sfuggita tra le loro dita. Mai manifestazione di autorità fu così immediata: chi poteva a suo piacimento governare la magia visiva, stroncandola magari alla fonte, meritava il nostro incondizionato silenzio. Si taceva.

Tutti insieme, nell'alveo del buio, ad assorbire le stesse lattee visioni e sortilegi. Le immagini schizzavano fuori sfrigolando da quell'unico pertugio, vagavano e vorticavano in frammentini di luce nel pallido cono e si acquattavano sul muro con le loro ventose, come un miraggio dapprima vacillante, vago, sfasato, poi sempre più definito e nitido. A volte le figure erano restie a farsi soggiogare e diventavano allampanate come in un quadro di El Greco: i corpi lunghi e i visi affilati di un cinemascope represso, una variante di magia. Fino al tripudio dell'"arrivano i nostri", fino al ronzio finale, con l'ultimo lembo di pellicola che sbatteva convulso intorno alla ruota, e sul muro le vacue immagini dei fotogrammi con numeri casuali o solo graffi. Poi, solo un quadrato bianco sulla parete a ridestare il nostro torpore: e c'era sempre qualcuno che alzava le mani e le immergeva nel cono di luce, muovendo le dita in modo che apparissero sullo schermo becchi di anatre nere o musi di cani che abbaiano silenziosi (bastava allontanare ritmicamente il mignolo dall'anulare). Ombre cinesi che aggiungevano un'appendice di creatività a sigillo di una creazione di trasparenze. Anche noi registi succedanei. Ecco di nuovo la magia di un cono di luce che perfora il buio e rischiara la danza lieve di un pulviscolo sorteggiato dal destino: di tutti i frammenti, i granelli, gli atomi che ondeggiavano taciti nella stanza, solo alcuni hanno la fortuna di esserne illuminati, diventare storia visibile, raccontata. Puoi fissarne uno per un attimo, meno di un attimo e vederlo poi scomparire e confondersi nella lama di luce.

Per una settimana, un gesto, una frase, un motivetto del film avrebbero trovato un comune denominatore nelle nostre menti. Inutilmente li avremmo esibiti fuori del collegio, dove nessuno avrebbe mai capito per quale ragione ogni nostra azione di gioco doveva essere accompagnata da una colonna sonora. Noi, che i giorni di festa sorgevamo dal letto alle note del *Largo* di Haendel o di *Biancofiore simbolo d'amore*, che ci gracchiavano dal giradischi nelle teste ancora addormentate.

Prima di Natale ci era capitata una pellicola che ci piacque moltissimo. A conclusione, con il The End, non finivamo di battere le mani. Diceva che la vita era meravigliosa, parlava di un angelo che scendeva sulla terra con la faccia di un buon uomo, e di un padre di famiglia molto disperato. Il giorno dopo era domenica dispari e pioveva: molti non riuscivamo neppure a parlare. Era come se fossimo ancora sotto l'ipnosi dell'immagine, assorbita fotogramma dopo fotogramma. Nei corridoi, nel refettorio, in aula tutto sembrava più attutito. Prima di iniziare la ricreazione ci fu chiesto a bruciapelo: «Fuori piove. Rivediamo il film?». Un urlo di assenso: ed ora era così difficile frenarci. Di nuovo tutti giù in refettorio a risistemare le sedie, don Ambrogio ci trattiene minacciosamente con una predica improvvisata sul senso della gioia e della vita, mentre don Marco risistema il proiettore.

Se c'era una cosa che affascinava Sandro di tutto questo interno esilio era il cinema. Se c'era una cosa che lo accartocciava era la punizione di non vederlo. E a lui questa tortura venne inflitta subito. Quando capitò anche a me di essere punito con lui. Sentii rancore per i superiori e immediatamente una sottile euforia: noi due soli in un'aula a parlare sottovoce, fingendo di studiare e rifare i compiti già fatti, mentre gli altri erano giù a godere e magari, più tardi, Oscar, con sufficienza, ci avrebbe raccontato la trama. Cospiratori. E se don Ambrogio saliva per controllare che stessimo in silenzio a studiare ci fingevamo assorti sui quaderni. Se magari ci sorprendeva distratti a chiacchierare, lo guardavamo con una leggera sfida e sarcastica noncuranza: «Li abbiamo già fatti tutti, i compiti».

«Bene. Ora reciterete il rosario, ad alta voce. Così vi potrò ascoltare anche dal corridoio. Tu lo intoni, e tu rispondi.» Poi si appostava fuori della porta, in modo che a tratti si intravedesse la sua sagoma al di là dei vetri smerigliati. E per noi quella presenza fosse una continua minaccia. Andava su e giù per il corridoio con il suo breviario.

E noi, invece, a ridere e a soffocare lo sghignazzo. «Nel primo mistero gaudioso...» E Sandro faceva le boccacce, oppure, alzandosi dal banco, dondolava il sedere al ritmo dell'Ave Maria. Subito pronti a esibirci compunti non appena l'assistente faceva irruzione. Io soltanto dovevo lisciarmi velocemente le guance con le dita per cancellare qualsiasi traccia residua di sorrisetto che potesse tradirci, a pinzare le narici, scivoloso condotto da dove il riso tentava di sfuggire.

Quel giorno avevo amato Sandro con quel senso di complicità, che accomuna chi ha commesso uno stesso reato. Una vicinanza durata solo quel poco che lui aveva consentito.

Eravamo stati puniti insieme per causa mia. Quando, alcuni giorni prima, il contadino aveva trovato oltre il muretto del cortile un pezzo di formaggio appena sbocconcellato; quel giallo formaggio, residuo del Piano Marshall, che ci arrivava nelle boatte con le mani che si stringevano in un saluto e la bandiera d'America, e che io, per non mangiarlo, nascondevo furtivamente nelle mutande per poi gettarlo alle formiche tra gli alberi, durante la ricreazione, con gesto fulmineo. Le formiche non erano state così leste da sbriciolarlo; e il contadino aveva denunciato l'abbandono agli assistenti. Non era la prima volta.

«Chi è stato?», minacciò don Marco. Era su tutte le furie. Poteva chiudere un occhio sulla disciplina, lasciar perdere che non stessimo in silenzio, che fossimo distratti durante le ore di studio, tollerava persino se eravamo un po' sguaiati e se ci picchiavamo. Ma non dovevamo "offendere" la Divina Provvidenza.

In un altro momento avrei confessato. Ma ora, a vedere don Marco fuori dei gangheri, non osavo: l'avrei deluso molto. E poi, d'ora in poi, sarei stato sorvegliato speciale ogni volta che nel piatto ci fosse servito formaggio giallo. No, proprio non potevo. Avevo abbassato gli occhi, nel completo silenzio che si era fatto mentre don Ambrogio percorreva la fila, la nostra e quella dell'altra classe, scrutandoci uno ad uno, per cogliere un minimo indizio di colpevolezza. Allora li rialzai: dovevo fingere stupore, ma non troppo. Perché – come dicevano a casa mia – la gallina che fa coccodè è lei che ha fatto l'uovo.

«Bene. Non è stato nessuno? È caduto, allora, dal cielo.» La pausa era un invito a costituirsi. Il freddo del dopo ricreazione pungeva le gambe nude, e questo imprevisto non ci voleva.

«Ma cosa c'è che non va in questo formaggio?», domandava don Ambrogio, sinceramente rammaricato. Altre volte aveva voluto dare dimostrazione della bontà del prodotto e lo aveva mangiato davanti a noi, che sembravamo una ciurma ammutinata. Le sue labbra ruminavano graziosamente, perché intanto dovevano insegnarci un'altra norma del galateo: mangiare a bocca chiusa, e masticare il cibo dieci volte a destra e dieci a sinistra.

«Nessuno?», sollecitava ancora don Marco. «Va bene. Allora tutti puniti: domani senza cinema.» I suoi occhi interrogavano i nostri visi, anche per cogliere qualche atto impercettibile di delazione. E tuttavia lui ci aveva insegnato che la cosa più schifosa è fare la spia.

Sembrava ormai una punizione irrevocabile, quando Sandro disse: «Io. Sono stato io». Lo scrutammo tutti. Lo interrogarono a vista gli assistenti: sì, non poteva esserci dubbio. Lui non avrebbe confessato per salvare gli altri, non era un altruista.

Io soltanto incominciai a inquietarmi: perché lo ha fatto? Non riuscivo a darmi altra spiegazione: lo aveva fatto per coprirmi? Oppure anche lui ne aveva buttato un pezzo nei campi? No: voleva fare il generoso, conclusi. Si vedeva bene: forse mi aveva notato nel furtivo mio crimine. Quindi non potevo più permettere che fosse punito, e poi con la tortura del cinema.

Timidamente feci un passettino avanti, mentre l'assistente dava ordine di dirigerci in aula. «Sono stato io.» Era talmente flebile la mia confessione, che quasi gli altri non se ne accorgevano e, incominciando ad avviarsi, mi inciampavano addosso.

«Alt», ingiunse don Marco. «Che hai detto?», mi si rivolse.

«Sono stato io.»

«Più forte. Dillo più forte.»

«Sono stato io.» Tutti sembravano divertiti e interessati a questo nuovo inaspettato copione. Benché cominciassero a battere i piedi per il freddo e a stringersi le braccia conserte al petto per trattenere il calore.

«E perché hai quasi permesso che tutti fossero puniti?», don Marco era non solo arrabbiato, ma rattristato: da me non se lo aspettava.

Avevo abbassato la testa. "Ma in fin dei conti l'ho ammesso", pensavo. E mi giustificavo.

«Poi mi spiegherai cosa non ti piace di questo formaggio. Forse a casa tua mangi cose più prelibate, come un signore?», aveva cominciato la sua pièce. Che non sapeva nemmeno recitare. «La provvidenza pensa a noi: non ci fa mancare nulla. E noi invece facciamo gli schizzinosi.» Questa era la volta adatta per sfoderare il lessico delle buone occasioni: parole che non avremmo mai sentito a casa nostra. E le espressioni più varie: alla carlona, alla sanfasòn, all'acqua di rosa...

«Allora anche tu non vedrai il cinema domani. Insieme a Sandro, che così la prossima volta imparerà a fare l'eroe...» La condanna era definitiva. Non c'era da sperare che fosse abrogata. Non solo perché da un giorno all'altro non c'era il tempo sufficiente che si ricredessero, ma perché Sandro non avrebbe fatto nel frattempo l'angioletto per farsi perdonare.

Ecco: qualcosa ora ci univa, pensai. E invece no. Durante la ricreazione successiva mi accostai come a chi deve dividere la tua stessa pena. Ma lui mi guardò bieco: «Cretino. Stammi alla larga». Ci rimasi male. E solo più tardi sospettai che gli avevo rovinato qualche piano segreto. E io, citrullo, che avevo pensato si fosse sacrificato per me. Dovevo capirlo che la sua rinuncia all'unica attrazione che lo ammaliasse in quell'istituto doveva mirare a qualcosa.

Ora che eravamo soli nell'aula, non ci pensava più: rideva e scherzava, come non gli avevo visto fare mai. Recitava la sua parte di rosario simulando tacitamente la danza del tarantolato, quella che lui ci aveva mostrato un giorno esibendosi dopo aver catturato un ragno peloso e lo aveva conservato nell'astuccio. Ci aveva raccontato che il pizzico del ragno è velenoso, può uccidere; ma nel suo paese avevano trovato il rimedio, ed era quello di ballare e contorcersi dicendo strane cantilene. «Fai vedere, fai vedere al maestro», lo incitammo una volta arrivati in classe. Lui, inespressivo, non si mosse. «Maestro – svelò Oscar – è un ragno pericoloso, il morso è velenoso.» Non so allora perché ci trovammo a parlare di Atene e di Socrate, del bacio dell'amore – il maestro si infervorava e noi si ghignava –, del morso della tarantola, il "falangio" piccolo meno di una monetina ma così potente che se punge la bocca «infligge agli uomini dolore e li fa impazzire».

E ora, in quell'aula, un folle tutto da ridere mi pareva Sandro, che al ritmo delle giaculatorie strabuzzava gli occhi e danzava furtivo e spastico. Così, una tale inaspettata confidenza mi risarciva del film perduto. E mi venne di ringraziare la divina provvidenza che si era sentita offesa e mi aveva concesso questo spettacolo esclusivo.

VI

E venne la signora provvidenza

La divina provvidenza venne a trovarci il giorno dopo: era una donna vestita di nero e il colletto di merletto bianco, il cappotto di pelliccia nera a riccioloni, aveva l'aria triste e una lacrima subito prosciugata dal ciglio con un colpo discreto delle dita. Natale era già passato da tempo e si era a gennaio inoltrato, ma il sole forava l'aria traslucida della campagna.

Quel pomeriggio il film non fu ripetuto. Ma in refettorio ci condussero ugualmente. A un lato del salone erano stati ordinati tanti giocattoli che pareva un negozio. E poi don Marco, per rallegrare l'ambiente, aiutato da Milella, aveva riattaccato ai muri e alle colonne i festoni di carta velina, le coccarde di plastica lucente e anche gli addobbi che servivano per l'albero di Natale. Quando fummo seduti e zittiti, il direttore volle presentarci la signora Provvidenza, strusciandosi le mani una nell'altra: la signora sorrideva ai tanti complimenti rivolti a lei. Solo un attimo di tristezza, cancellata dal volto con un colpo delle dita, quando il superiore accennò al suo giovane figlio scomparso.

Mi sentii commosso e compenetrato: era piacevole il pensiero che qualcuno potesse pensare a noi, come a un figlio. Ma fui costretto a ridimensionarmi, perché dietro di me, sfuggendo alla sua abituale noncuranza, Sandro sibilò: «Meno male che gli è morto».

La signora benefattrice cominciò subito a passare tra i tavoli di fòrmica verde, il colore frantumato della minestra di piselli che lì non mangiavamo mai. E a distribuire a ognuno di noi un biglietto con un numerino, a chiedere qua e là brevi informazioni personali al direttore che le stava premurosamente alle costole. Ogni tanto accennava qualche carezza, o esclamava: «Quanto è carino. Come si chiama?».

Quando si avvicinò a noi, a Favia venne di dire: «Grazie, voi siete molto buona». Un sorriso radioso la intenerì. Volle baciarlo e allora don Ambrogio, come una vecchia zia felice di piccoli affetti e cosucce, incominciò a battere le mani, e sollevando le sopracciglia ci incitava a farlo anche noi.

La lotteria incominciò tra il tripudio generale: la signora leggeva i numeri estratti, e doveva anche ripeterli ad alta voce. Gli assistenti – e per l'occasione eccezionale, anche le suore – si aggiravano tra i tavoli a sbirciare i nostri fogliettini per indicare i distratti vincitori. Tutti vincemmo qualcosa, ma i più fortunati furono quelli che sorteggiarono la bicicletta, il Monopoli, un'automobile rossa con i pedali, uno xilofono con le bacchette. «'U iazzbann», che era una cassa di percussione con i piattini metallici e i legnetti per batterli e il pennello di fildiferro, lo vinsi io. Agli altri trombette, macchinine, palle, soldatini, armoniche a bocca.

Alla "jazz band" potei giocarci poco, perché tutti volevano fare la loro performance di percussioni, e a turno glielo permisi. Ma non a tutti: qualche vendetta la colsi. Tra ripicche, rancori, litigi, dopo due giorni il voluminoso giocattolo fu destinato alla "conservazione" insieme alla macchina rossa e alla bicicletta: riposti nell'ultimo gabinetto del dormitorio, quello che era sempre chiuso e funzionava da sgabuzzino, nido di millepiedi e scolopendrelle.

Il giorno dopo la lotteria, lunedì, durante la preghiera prima della ricreazione, don Ambrogio invitò a recitare un'Ave Maria per la benefattrice: «Prima che i doni vengano distribuiti per la ricreazione – disse – ricordiamoci nelle nostre preghiere della buona signora che ha voluto regalarci tanti bei giocattoli. La signora ha un grande dolore, e noi così vogliamo starle vicini, in questo difficile momento».

"Il figlio morto", pensai. E non riuscivo a liberarmi della viscida battuta di Sandro. Ma non fui io a sollevare il problema durante la ricreazione con don Marco, che era l'assistente della nostra classe, e a lui si potevano rivolgere certe domande con maggiore libertà.

«Ma se non le moriva il figlio, ci avrebbe dato lo stesso i regali?», domandò Signorile, che sembrava costernato. Lo sprezzo di Sandro era svanito, ne rimaneva però la curiosità.

«No, aspetta. Tutti quei regali erano per suo figlio?», incalzò stupito Milella. Non poteva crederci. E invidiava quel bambino cui erano destinate tante attenzioni.

Era più facile rispondere alla seconda domanda: «No, non credo che fossero tutti regali per un solo bambino. Ma la signora li ha comprati proprio per voi». Don Marco aveva assunto il tono pedagogico. «Perché lo ha fatto?», continuò. «Perché è buona e ha pensato a chi non li aveva.»

«E perché allora lo scorso anno non abbiamo avuto nessun dono?», sottolineò Iusco con aria di furbo trionfo.

«Ma che t'importa? I regali li hai avuti. E allora?», don Marco cercò di tagliare netto la discussione. Ma poi dovette pensare che era meglio una risposta più persuasiva. «La provvidenza a volte può compiere qualcosa che a noi può sembrare brutto, ma che invece è buono. Un improvviso dolore può costringerci a pensare agli altri che soffrono. I piani della provvidenza sono imperscrutabili, cioè noi non li possiamo capire. Anche molti di voi hanno subìto una grande sofferenza, una perdita dolorosa, eppure, forse state meglio di tanti altri che i genitori ce li hanno ancora: e che non vanno a scuola, ma lavorano e prendono tante botte dalla vita.» Poi un giorno disse chiaramente quel che intendeva dire dei bambini che hanno i genitori, ma sono magari più infelici di chi non li ha. «Anche il nostro Sforza ha ancora papà e mamma, eppure lui soffre di più di voi che non ne avete.» Lo disse, perché gli sembrò giusto farci capire il problema di Oscar, che noi ci ostinavamo a ignorare. Persino mio nonno continuava a ripetere con aria di saggezza ogni volta che si parlava di me: «sotto il guasto viene l'aggiusto», e che non avrei potuto mai studiare, mai mangiare tanto, mai fare la vita spensierata, se fosse vissuto mio padre. Per carità, non voleva essere un insulto per il povero morto, ma la vita andava così, purtroppo.

«Se ha i genitori, perché Oscar sta qui con noi in un orfanotrofio?», domandò Signorile con il consueto suo logico stupore.

«Perché è come se non li avesse. Perché non possono vivere con lui. Li ha, ma non li ha.» Ci sembrò una stravaganza che s'intonava bene con il carattere di Oscar.

E allora capii quel senso di entusiasmo con cui Oscar si era affacciato un mattino al cortile di casa mia, l'ultimo giorno delle vacanze di Natale. Lo vedemmo dubbioso sulla scala che scendeva ai nostri tuguri urbani, sotto il livello della strada. Lo seguiva il nonno, molto imbarazzato ed elegante, e comare Tanarosa gli indicava la nostra porta di casa. Altre vicine curiose uscivano sugli usci. "Scusatemi l'intrusione", pareva dire con lo sguardo. Ma il nipote lo trascinava in questa avventura: l'aveva costretto a parcheggiare la macchina davanti al portone: «Nonno, qui abita un amico mio. Il numero è questo. Posso andare a salutarlo un attimo?».

«Ma domani lo ritrovi in collegio», aveva obiettato il nonno.

«Sì, ma non è lo stesso», rispose subito Oscar. E il nonno aveva voluto intuire in quella risposta vacua delle sfumature di libertà, delle esigenze cariche di valutazioni che a lui sfuggivano e che quindi andavano accondiscese. Aveva dovuto chiudere la macchina e seguirlo, per non lasciarlo solo. Ed ora eccoli là.

«È un mio compagno di collegio», dissi quando lo intravidi dalla finestrella che dava proprio sulla scala, anch'io imbarazzato e sorpreso.

«Lo conosco», rispose mia madre. «Vai a vedere cosa vuole, almeno.» Lei non uscì di casa e non staccò l'ago dalla stoffa. Non disse: «Scendete, accomodatevi», perché forse capì il sorriso incerto del signore, spinto a fare qualcosa che non avrebbe voluto. E allora fece la maleducazione, per fargli un piacere. E per farsi un piacere: dove lo avrebbe fatto accomodare? Il letto era ancora disfatto e la stanza non aveva cambiato aria, e forse il pitale era ancora lì, in mezzo alla stanza, pieno di orina.

«Ciao», dissi salendo alcuni gradini. Ma da come Oscar si guardava intorno, mi prese il sospetto che fosse venuto a perlustrare i miei punti deboli. Mio fratello e mia sorella mi erano attorno, con i regali della befana in mano.

«Come stai?», mi chiese, scendendo tutti i gradini, con circospezione. Cosa doveva sembrargli quel cortiletto infossato sotto il livello della strada, e in cui si affacciavano varie porte: le nostre misere case? Sopra, al primo gradino, compare Antonio finiva di lavarsi la faccia alla fontana comune, dove si prelevava l'acqua, ci si strofinava, si pulivano i piatti e le pentole, si gettava l'orina e la cacca della notte...

«Bene», risposi. Ma tutti capivano che stavo pensando: "E questo che vuole da me?".

«Sai, passavo di qui. E allora ho detto a mio nonno: saluto un mio amico.»

Sorrisi, perché mi sembrava una farsa non programmata. Le volte che erano passati gli altri compagni, da Pansini a Favia a Signorile, tutto era più semplice, ed era facile dirgli: «Stiamo giocando a palline, vieni». Oppure: «Siediti qui anche tu. Stiamo raccontando le barzellette e i fatti». Ma a Oscar, con il suo bel cappottino, accompagnato dal bel signore, non riuscivo a dire nulla. E poi, tutti i vicini che mi stavano a guardare, incuriositi...

«Bene, Oscar, ora dobbiamo andare: ci stanno aspettando», disse per fortuna il nonno dall'alto. Ma Oscar sembrava persistere nel suo intento, tanto per tener duro su una sua scelta.

«Ci vediamo domani», lo costrinsi io. «A che ora arrivi tu in istituto?»

«Non so.»

«Tanto è lo stesso», dicevo ancora.

«Va bene.» Aveva capito. Risalì le scale, dondolando la testa, e guardando il nonno quasi sorridendo deluso.

«Buon giorno», gridò cortese il nonno alla volta dei curiosi. E sparirono nell'androne del portone.

Così, vedendo Oscar, avvertii chiaramente quello che anch'io sentivo in fondo: che tornavo volentieri in collegio, e avevo bisogno dei miei compagni. E però, dopo questa visita inaspettata, sentii rammarico, cominciai a intristirmi. E siccome tutti iniziarono a dire dispiaciuti: «Eh, si avvicina l'ora del ritorno...», allora anche piansi. Mia madre decise che sarei rimasto alcuni giorni ancora, fino alla domenica: e avremmo detto al direttore che non ero stato tanto bene. E lei si sarebbe presa la sfuriata. E magari avrebbe anche timidamente ribattuto: «Che poi, questo è figlio mio!».

«Sì, signora. Ma c'è una disciplina che vale per tutti. Se anche gli altri facessero così, dove andremmo a finire?», avrebbe tuonato arcigno il direttore. Che poi, invece, era felice di questi affetti, di queste tenerezze.

Rimasi a casa quei tre giorni ancora, tanto da vedere di persona ciò che mio fratello mi aveva confidato, zitto zitto. «Sono contento che ci sei anche tu: così posso dormire un po' di più», mi aveva detto. E poi mi sussurrò che mamma stava diventando matta e che lui la notte dormiva nel grande letto, con un piede sempre a toccare le gambe di mamma, all'erta a ogni suo movimento. E tenendosi la piccola Domenica abbracciata, perché temeva gesti di terrore.

Io non ci avevo creduto. Anche se mamma era molto smagrita, le occhiaie viola, tagliava e cuciva come una forsennata. Saltava i pasti, per consegnare in tempo i vestiti del veglione di fine d'anno e delle feste. Ed era sempre intristita: anche a Natale, che non aveva voluto andare da nessun parente a fare la cena. E poi, una sera lo fece: appoggiò le mani al marmo del comò e affacciò il suo volto isterico allo specchio. Rideva, faceva smorfie come le faccio ora io nell'ascensore, per scrutare le espressioni, poi sogghignava osservandoci nel letto. E rideva e digrignava i denti, come quelli della geenna eterna.

Mio fratello: «Ecco, vedi?». Aveva paura, ma si faceva forte per ogni evenienza.

«Mamma, smettila di fare la scema. Così ci spaventi», urlai.

Smise. Ma un sussulto percoteva la sua schiena. Si rimise a cucire alla luce della candela, da sola, la lampadina spenta; sul comò il lumino immerso nell'olio, davanti alla foto di papà. E noi nel letto, a resistere a tenere le palpebre aperte per non lasciarci sorprendere. Poi nel dormiveglia mi sfiorò una carezza, e l'unico bacio che forse lei veramente mi abbia dato.

VII
Il mondo entra la domenica pari

Dopo le prime due domeniche pari del mese, ci accorgemmo che Sandro non avrebbe mai avuto visite da parenti. Non esistevano. Solo un'anziana suora, che lui chiamava zia, e che veniva di tanto in tanto nei giorni feriali da chissà dove. Veniva triste e sempre a mani vuote, gli lasciava un santino, e dopo due parole se ne andava ancora più triste, raccomandandosi con Sandro perché cercasse di capire e di comportarsi bene.

Tra noi c'era solidarietà. Se qualcuno non aveva la fortuna di ricevere visite, i nostri parenti ce li facevano chiamare in parlatorio, e ci scappava qualche caramella, qualche tarallo sottratti alla nostra parte. Ma Sandro se ne fregava. Lui sapeva che non ci sarebbe stato mai nessuno per lui in portineria. Il pomeriggio domenicale non era per lui l'attesa sulle spine, "vengono o non vengono?", per lui non si apriva mai la porta, e nessuno si affacciava a gridare: «Sandro, visite!».

Così, quando gli dissi «Vieni, i miei ti vogliono parlare», «Perché?», mi chiese. «Così», dicevo dolce, con un termine sospeso nel vago, avendo perso tutta la sua perentorietà. In quel momento un fastidio lo scuoteva: si sentiva invischiato dal melenso della mia opera buona, del mio fioretto. «Ma vai via!»

Io, certo, avrò rivolto lo sguardo all'assistente seduto sulla scrivania, cui avevo già chiesto il permesso di portare Sandro dai miei («Se vuole», molto dubitativo). Avrò scrollato le spalle pensando: "Io l'ho fatto". E avrò invece detto: «Va bene, vado. Non ti arrabbiare».

Mio nonno arrivava tutte le domeniche di visita in cui mia madre non poteva. Arrivava da solo, ricurvo nonostante il busto, con la sporta al braccio: troppo grande per contenere due castagne del prete, un'arancia alla vainiglia, tre sardine fritte, avvolte nella carta oleata. «Nonno, io ho già mangiato», dicevo un po' deluso: avrei preferito dolci e giocattoli, che sbirciavo nelle buste e nelle sacche dei parenti degli altri. E non capivo che il vecchio patriarca in questo modo mi riservava ogni domenica un simbolico posto a tavola tra loro, la mia famiglia. Non capivo che per ogni portata lui aveva pensato a me, e magari l'avrà detto a gran voce: «Questo è per Mino».

Ora che era qui, mio nonno non aveva più niente da dire. Magari mi aveva riportato le scarpe risuolate con le lunette di ferro in tacco e in punta, perché non si consumasse il cuoio: e che erano sonagli ai miei piedi. Domandava: «Stai bene?». Lo domandava a intervalli, e io gli rispondevo: «Sì», sempre più infastidito. Poi rimaneva lì seduto alla panchina o alla sedia, preferiva che io gli stessi appoggiato tra le gambe, e la sua mano dura e ancora smangiata dalla calce mi teneva il fianco. Muti a osservare gli altri, a percorrere pensieri nascosti. Poi, quando diceva: «Hai bisogno di qualcosa?», capivo che se ne stava andando. Niente baci.

Mia madre invece arrivava sempre accompagnata: da mio fratello o da mia sorella, da una delle ragazzine che venivano a cucire in casa sua, da una zia o una cugina. Sempre giovane, e vestita di nero. Veniva ricca di regali: «queste cioccolatine sono della zia Lucrezia, questi taralli li ha fatti comare Cecilia per te, questo giornalino è di Pinuccio» (mio fratello) comprato con i soldi dei "servizi" fatti ai vicini («Mi vai a comprare un pacco di sigarette? Tieniti il resto», «Mi compri una spoletta di questo colore, la varichina, venti lire di retìna? Tieni, cinque lire per te». Che senso degli affari!). E poi, infine, il suo pacco: o le matite colorate con Giotto che disegna la pecora sul sasso e Cimabue che lo guarda ammirato, o un pacco di biscotti, o quei cioccolatini con la ciliegina racchiusa (un dolce, materno ritorno al liquore amniotico). Oppure il vocabolario che avevo chiesto perché tutti lo avevano: un libretto minuscolo che poi il maestro mi disse che era di francese e che dovevo cambiare e mi scrisse su un foglio le istruzioni da dare ai miei: «Vocabolario di italiano». E così, dopo un mese, mamma tra i regali mi portò il vocabolario giusto, il più economico in commercio, il *Piccolo Palazzi*, che già quella domenica me lo sfogliavo con le sue immagini colorate nelle paginette patinate: l'arredamento della casa, con tutti i nomi dalla cassapanca al vilucchio per le luci, i mezzi di trasporto, gli strumenti tecnici, ecc.

Finito l'offertorio, mamma mi chiedeva: «Come stai?».

«Bene», rispondevo.

«E qui che ti sei fatto?», mi domandava indicandomi un graffietto sul volto.

«Niente.» Ma un giorno che avevo una bella sbucciatura al ginocchio risposi: «Che mi son fatto qui? Ho venduto cara la mia pelle», che era una frase che mi aveva detto Oscar e mi era parsa spiritosa. Ma ora vedevo che, detta a mia madre, non sortiva lo stesso effetto. E allora ne aggiunsi un'altra che avevo faticato anch'io a capire, ma alla fine avevo apprezzato la facezia. Aggiunsi dunque: «È stato un compagno. Ma da allora siamo diventati... nemici per la pelle». Sottolineai «nemici per la pelle» e quasi scoppiai a ridere. Ma vidi che nemmeno questa battuta faceva effetto. Adesso mamma mi guardava quasi da una distanza misurata, muta. Come Maria nel Vangelo, quando suo figlio era stato tra i dottori e parlava forbito, «ma essi, i suoi genitori, non compresero le sue parole...» e allora «sua madre serbava tutte queste cose nel suo cuore». Ora continuava a scrutarmi, a soppesarmi con gli occhi, e dovevo renderle conto di tutto, anche dei vestiti che portavo, e pretendeva persino di rammendarmi, lì su due piedi, qualche invisibile scucitura, un bottone che pencolava.

Il dono più grande per me era quando veniva con zia Lucrezia. Avevano certamente parlato dei fatti di famiglia per tutto il tragitto della filovia. Ma, dopo i baci, mi porgevano i piccoli doni di rito, e riprendevano a parlare e a "sparlare".

Dapprima con un certo imbarazzo, parlavano del nonno o dell'altro zio o dell'altra zia, ma non ne dicevano i nomi. Perché non capissi. Ma io capivo, e mi piaceva ascoltarle, magari intromettermi: il più grande regalo era per me. Solo così sapevo le storie, le miserie, le pene, le gioie di casa mia, che altrimenti mi erano precluse. Brutti anni erano quelli, per tutti. Chiacchieravano: mio zio (ma perché continuava a sfornare figli?) andava in giro ad aggiustare ombrelli o sedie o ad arrotare coltelli e forbici. Spesso veniva dai nonni, e mamma – che abitava nello stesso cortile dei nonni – gli aveva tenuto da parte una seggiola da inchiodare, una panchetta da rinsaldare con un'assicella per potergli dare qualche soldo, e non sentire la madre lamentarsi: «Quel povero figlio, tutte le sfortune a lui».

E compare Antonio? Che ora vendeva «l'Unità» la domenica? Ma che lavoro fa, e come fa a dare da mangiare alla famiglia? Eh, c'era comare Cecilia che ci pensava con le sue "punture": grassa grassa come una tacchina dondolava per tutto il vicinato e le caviglie si gonfiavano. Riscaldava sul fornello la gamella con l'ago. E così scontava il pane, la pasta, la frutta...

«E tua suocera?», domandava la zia.

«Buh.» Rispondeva mia madre. «Stamattina sono andata al cimitero e ho visto la tomba piena di fiori. Ma non credo che sia stata lei. Sarà andata Niche.»

«Ma vengono qui ogni tanto a trovarlo?», chiedeva mia zia guardando me, ma come se non ci fossi.

«Sì. Ogni tanto, ma credo che i preti non li fanno passare», diceva mia madre.

«Domenica scorsa», intervenivo allora io, «è venuta zia Niche».

«Bene, allora? L'hanno fatta passare?»

E bene... Mia nonna non era più venuta al collegio da quel primo giorno. C'era il bar di periferia da controllare e si sa che polso ci voleva in quel quartiere, ché bisognava stare con tanto di occhi così, ché il nonno, tanto bravo a fare gelati e cassate, ma sempre più sulle nuvole: gli potevano togliere i pantaloni e non se ne accorgeva... All'inizio mamma era venuta con le cognate, giovani e premurose vestite di nero: le volevano bene. Poi qualcosa era successo tra loro: avevo saputo solo che mamma non abitava più con i nonni paterni. Da allora le zie paterne venivano solo le domeniche dispari per prendersi le ramanzine del direttore: «Lo sapete che le domeniche di visita sono quelle pari. Perché venite?». Gli zii maschi non li ho visti mai.

«Ma padre, solo per un po'. Noi lavoriamo e non possiamo», si scusavano le zie. E chi ci credeva?

L'incontro durava pochi minuti, sulle spine, e io sapevo che l'assistente mi avrebbe raccomandato ancora una volta di ricordare ai miei parenti quali erano i giorni di visita. Solo dopo sospettai perché si ostinavano a non capire: non volevano rischiare di incontrare mia madre?

Ma la domenica precedente, dispari, zia Niche era venuta con il marito. Era arrivata in una mattina piena di sole. Lei era bellissima e la potei vedere dall'altra parte del reticolato del cortile (il direttore era stato inflessibile). Lei insinuò le dita nella rete di fil di ferro e cercò di baciarmi. Mio zio mi salutò fugacemente e distolse lo sguardo: la scena dovette sembrargli da film anni Trenta, e la pancia cominciò a sussultargli in un tacito singhiozzo, sussultava il ventre pieno e teso sotto la camicia levigata come le sue guance. Si allontanò un po', fingendo di osservarsi intorno: le siepi e i campi. Ma il contagio prese zia Niche che piangeva vere lacrime. Io rimasi interdetto.

«Pino, Pino», diceva in una specie di compianto, cercando di rivolgersi al marito. «Come un carcerato, questo mio nipote. Come un figlio di nessuno.»

L'assistente era a una certa distanza, leggeva il suo breviario, e non sapeva se avvicinarsi per rimproverarli di non turbarmi con questo lamento funebre. Poi lo fece, dicendo sbrigativo: «Il ragazzo deve andare in ricreazione».

«Sì, sì. Un altro poco, padre», supplicava zia Niche; e mentre si asciugava le lacrime con il fazzoletto che aveva chiesto al marito, sussurrava: «Che si crede questo, che io vengo a trovare mio nipote e mi sto due secondi appena? Ma che sono, dei carcerieri? Il bambino ha bisogno di affetto...». Poi, sorridendomi, ebbe il tempo di allungarmi dal di sopra del reticolato una palla variopinta e un pacco di biscotti-strudel ripieni di marmellata di fichi.

«Grazie, zii», riuscii a sussurrare, felicissimo per i doni. E lei al marito: «Quanto è bello!», che avrebbe voluto accarezzarmi e abbracciarmi, espansiva com'era sempre, ma la rete non glielo permetteva. Il tempo di avvicinare il volto al reticolato per un ultimo bacio e fui sospinto via per le spalle dall'assistente.

Ma io ai miei di tutto ciò dissi solo: «Domenica scorsa è venuta zia Niche».

«Bene, allora?»

«Mi ha portato una palla e i biscotti. Ma non l'hanno fatta entrare nel collegio.»

Invece i genitori di Oscar venivano sempre fuori degli orari, nei giorni feriali. Chissà che lavoro facevano, ma loro avevano il permesso e li facevano entrare. Eppure nessuno di noi li ha mai visti. Le domeniche consentite, però, arrivavano i nonni, eleganti, gentili, sempre educati con tutti. Venivano in macchina e la lasciavano parcheggiata fuori del cancello.

Dopo un po' di dimestichezza, le nostre mamme incominciarono a domandarsi e a parlarsi tra loro.

«La mamma di Favia non è venuta oggi?»

«Forse viene più tardi.»

E magari: «Oggi la mamma di Signorile non è venuta con quell'uomo anziano. Chi è? Il nuovo marito?».

Mia madre sorrideva, quasi per scusarsi: «Spiacente, ma non ne so nulla».

«Quella abita a un isolato da mia cognata. Fa la cameriera. Ma non è di Bari. E non ce l'ha il marito», si sussurrava. Per cui, se ne doveva desumere, quell'uomo anziano era magari il padrone dove lavorava e viveva forse con lui...

Mia madre evasiva: «Ah sì?». Poi cercava di parlare con me e mi sollecitava, così si poteva divincolare dal pettegolezzo, tanto spiacevole in quelle occasioni: si era tutte più o meno giovani vedove e chissà quante se ne dovevano sentire già dai parenti e dai vicini, che non era il caso di linciarsi anche tra loro.

Era ricco di notizie il film-luce da parlatorio. La mamma di Iusco raccontava della zuffa scatenatasi nel Supercinema sulle doti canore di Giacomo Rondinella. Diceva: «L'altra domenica sono andata al cinema con mia sorella e mio cognato, e facevano *Desiderio 'e sole*. Bello! Belle canzoni! Quando uno da dietro di noi comincia a fischiare e a gridare che "non sa cantare". E allora qualcuno gli ha gridato: "E vattene se non ti piace". E quello: "Io ho pagato il biglietto". E allora dalla fila avanti si è alzato un altro e lo ha acchiappato per la camicia e ha cominciato a prenderlo a pugni e a ogni botta diceva: "Avanti, di' ancora che Giacomo Rondinella canta male!". Tutti in piedi a gridare "basta", a separarli, a lamentarsi "che schifo, non si può venire al cinema nemmeno con la famiglia". La maschera minacciava "chiamo la polizia". Insomma abbiamo visto il cinema nel cinema».

E una domenica la mamma di Favia, che si era avvicinata alla panchina e mia madre le aveva fatto posto, chiese a noi ragazzi – al figlio e a me – se avevamo notizie di quel nostro compagno, «...quello lungo lungo e zitto zitto». «Chi?» «Quello che se ne è andato a Natale.» «Ah, Abaticchio?» «Eh, sì. Be' – ora si rivolgeva a mia madre – ho visto l'altro giorno la nonna, quella che fa la capera; e anche la materassaia del crine. È venuta a pulire la testa a mia nonna e a togliere le lendini; e ha chiesto come deve fare per parlare con i preti, se si possono riprendere di nuovo il nipote nel collegio.»

«Ma perché l'hanno tolto?», chiedeva mia madre.

«Signora mia, pare un romanzo», esordiva misteriosa la Favia. E continuava come un bollettino: «Lo sapete che la madre del bambino è chiusa nel manicomio? Una brava donna, scombinata però. E ogni volta che esce per raggiungere i figli, fa le cose più strane: piscia in mezzo alla strada; se la portano al mercato, prende la frutta dalla bancarella e si mette a mangiare e quelli la rincorrono ché vogliono essere pagati; la sera, se il marito non è tornato, se ne esce e se ne va a passeggio... Non ne fa una: non lava, non cucina, non cambia i pannolini, la testa sempre all'aria. Forse sono le medicine, sai. Però è buona. E tutte le volte che esce dal manicomio e viene a casa, lui la mette incinta. Lui è anche un bravo cristiano: che deve fare? Se lo deve legare? Tre ne ha di figli e uno è in arrivo».

A questo punto la Favia si era fermata, perché anche la Iusco si era avvicinata. «Sai, il padre di Abaticchio, quello che se ne è andato a Natale – in ragguaglio per la nuova venuta –. Be', decide di andare in Australia a lavorare, che qui non trova posto. E dice che c'era uno che lo aiutava, ci ha detto la vecchia, e che cercava operai e assicurava il lavoro, quello buono che ti sistemi per tutta la vita, ché lì sì che è l'America; e questo qui aveva già i contratti scritti. Era venuto apposta a reclutare emigrati "che lì li vogliono gli italiani". Con cinquemila lire, dava la copia in lingua inglese: i soldi per il suo interessamento. Insomma, è tutto pronto: il ragazzo, che è il più grande, serviva ad aiutare la nonna a tenere i più piccoli, a portarli a scuola e all'asilo, a dare un'occhiata, finché lui non li chiamava e gli mandava i soldi per il viaggio. Però – e qui la Favia aveva sgranato gli occhi per preparare l'uditorio al colpo di scena – era tutto falso. Tu pensa che per fare il timbro rosso, quello che si mette sopra i documenti, l'imbroglione usava il tappo di dentifricio. Così hanno pagato e sono rimasti fregati: i soldi persi, tutti i risparmi...» «L'ignorantità», sospirava la signora, per trovare una causa plausibile a giustificare tanta dabbenaggine.

«Madonna, poveracci! Ma come l'hanno scoperto?»

«Un'altra storia, di quelle...», enfatizzava la Favia. L'imbroglione diceva anche che cercava mogli per gli emigranti italiani, e faceva vedere le foto. E anche lui era venuto a prendere moglie. Ne aveva adocchiata una giovane e carina e proponeva un matrimonio veloce. Ma la signora, dove andava a servizio la ragazza, ha cominciato a sospettare, si è fatta dare il nome di questo fidanzato; e suo marito è carabiniere... «Ci aveva già la moglie quel pezzo di merda, in Australia! Buono come è andata, a quella poveraccia! Appena in tempo, se no era rovinata.»

Poi, a una certa ora avveniva l'effetto Gen Eir. Noi cominciavamo a scalpitare, a dire: «È quasi ora di andare».

E mia madre, sorpresa e delusa: «Ma che, mi stai cacciando?».

«No. È che è quasi ora.»

«Va bene; finché non ci dicono di andare, stiamo ancora un po' insieme.» Loro non capivano tanta urgenza: poi ci sarebbero state due settimane di lontananza... Ma noi, finché c'erano i parenti, non potevamo vedere il romanzo televisivo che a volte don Marco ci concedeva di guardare sulla tv. Come quello tetro che ci aveva affascinati con il volto di Raf Vallone. Oscure ombre di castelli, segrete celle piene di misteri, volti arcigni e vestiti da sposa che bruciano nella notte. Un'eccezione alla regola, perché la tv – dono di una benefattrice – accendeva il suo occhio soltanto per mostrarci il papa, sante messe e benedizioni "urbi et orbi"; e, nelle piovose domeniche mattina, la rubrica dell'agricoltura con il contadino che se ne va nei campi a seminare, quasi sospinto da una pacata e larga musica.

VIII
Foglie di menta nelle narici

L'ultimo banco era il «pensatoio», disse il maestro, indicando Milella che lo occupava, e che se ne stava tutto il tempo delle spiegazioni con la testa tra le nuvole come un filosofo. E perciò il maestro ci parlò di un saggio antico, il solito Socrate, che veniva deriso e, dicevano i suoi concittadini, che se ne stava sospeso in aria in una cesta. Uno dei due posti era occupato da Milella, la testa grande e sognante che se non fosse stata trattenuta dal collo sarebbe andata alla deriva, trascinata via dalla placida corrente di un fiume sospeso; l'altro posto era invece vuoto ed era il purgatorio, una punizione («Vai all'ultimo banco!») intimata con tono burbero e minaccioso di una esclusione sociale, che si rivelava invece una piccola vacanza di distrazione consentita.

Quest'anno Milella l'avrebbero comunque promosso, benché il maestro avesse quasi rinunciato a scuoterlo e a punzecchiarlo. Ma don Marco gli voleva bene, a Milella: se aveva da tirar su un palco per la recita, se c'era da sistemare il presepe e l'albero di Natale, se lo portava via dall'aula e dalle lezioni, perché – diceva – aveva la testa dura, ma le mani d'oro. E così, per quasi due giorni Milella non venne nemmeno in classe, per aiutarlo nel tirar su parte della recinzione del cortile. Per queste cose il ragazzo era sveglio davvero. E robusto.

C'eravamo ancor più abituati a non vederlo tra noi la mattina, quando arrivò un uomo in lambretta, sotto la giacca sdrucita e sotto il maglione da lavoro non si era tolto neppure i fogli di giornale per proteggersi dall'urto gelido di un vento preso troppo di petto. Disse che era lo zio di Milella e che doveva portarlo subito a casa. Che era successa una disgrazia.

Il direttore stava sospettoso: era proprio lo zio? Non si ricordava di averlo mai visto prima. Chiese allora: «Perché non è venuta sua madre?». Oppure «i nonni», soggiunse.

«Non possono», fu laconico il giovane. Ma si vedeva che cominciava a spazientirsi e si rimetteva in testa la coppola con le mani ancora sporche di calcina.

«Lei si renderà conto che non possiamo consegnarle il ragazzo così, su due piedi. Ci dica almeno il motivo dell'urgenza», il direttore tergiversava, e si era alzato per vedere se nel corridoio passasse qualcuno per far convocare in direzione don Marco, e consultarsi con lui sul da farsi.

«Va bene», tagliò corto il giovane. «È successa una disgrazia», sbuffò impacciato, e ancora reticente. «Ma tanto, padre, voi lo saprete lo stesso, prima o poi. La mamma... mia cognata... insomma si è impiccata...» L'aveva detto, alla fine: non sembrava addolorato, ma sollevato da un'incombenza. E rassegnato ormai all'idea che avrebbe perso la giornata di lavoro.

«Ma come? Quella brava donna?», fu lo stupore del prete, che ora cercava di rovistare nell'agenda della sua memoria l'ultimo incontro con la signora. Una vedova dalle maniere dolci e pie, ma con l'aria un po' ebete della sofferenza, una di quelle ragazzone di paese, cresciuta negli istituti di suore a pulire e a spazzare le aule e gli asili, i chiostri che sapranno di fresco, e solo per una ciocca di capelli non scivolano sotto un saio monacale anche loro, perché incontrano il sorriso di un buon lavoratore, che diventa tutta la loro vita. E in pochi anni viene benedetta da Dio con quattro figli. Ma nella famiglia del marito è sempre ai margini, la chiamano la "biatedda" per i modi un po' chiostrali; ma non arrischiano di più nel deriderla, in rispetto al marito, che anche lui ogni tanto sorride di lei e delle sue piccole manie da signora, ma con la tacita premessa che a lui è consentito ché è il marito, e agli altri no.

E quando la suorina già pensa di aver vissuto una vita nel fondo, troppo in fondo per poter capitolare ulteriormente, e che ora non si può che vedere la luce, ché si vive sì in un ghetto, tra gentaglia, ma ci si è permessi una lambretta, poi un paio di scarpe nuove, e ogni tanto anche il cinema, ecco che il marito se ne va, quasi senza preavviso, morto di qualcosa di incomprensibile nel giro di un mese, che non è neppure meningite e i medici del policlinico hanno acconsentito a portarselo a casa, perché morisse nel suo letto, tra i parenti. Ma qualcuno dei compagni di lavoro intorno al feretro si lascia sfuggire che due mesi fa era caduto da un'impalcatura. Di nuovo la "biatedda" si sente precipitare, trascinandosi dietro i quattro figli, tutti piccoli, il più grande che già non è una cima, ma ora perde anche l'anno a scuola. I suoceri che prima si inteneriscono e le fanno spazio nella loro già piccola casa – lo sgabuzzino con una branda per lei e i bambini –. «Non può mica stare da sola a Torre Tresca!», sentenzia il suocero.

Lì, fuori dalla città dove gli alleati avevano costruito capannoni per un campo di concentramento, divisi da tante stanzette lungo oscuri corridoi che terminano nel vano bagni, la gente senza casa si è dapprima rifugiata temporaneamente, nella speranza di vedersi assegnare un'abitazione popolare, poi ci si è adattata in una strisciante promiscuità. I maschi si spogliano lasciando la porta aperta con affettata distrazione ed alcuni escono dai cessi comuni scuotendosi l'uccello, «per abitudine!» dicono, mentre le donne riempiono l'acqua ai lavandini o sciacquano la biancheria. Occhiate furtive delle ragazze, occhiatacce di mariti, padri e fratelli... Alla fine vale solo la legge del coltello.

Lei aveva appeso il muso, ma il marito le aveva promesso: «Per un anno, massimo due: per prendere la casa popolare. E se no, mettiamo da parte un po' di soldi e troviamo un affitto in città». E tuttavia, si era un po' ricreduta: a lei, la «signora», la trattavano con i guanti. D'altronde chi avrebbe osato fare a pugni con il gigante del marito?

Ma ora con la sua morte, la musica cambiava: non erano certo i topi quelli che rosicchiavano la dispensa, rubacchiavano la bottiglia di salsa, decimavano il barattolo di zucchero, espugnavano la farina. Gli sguardi degli uomini carezzavano la sua solitudine.

«Prima che dobbiamo correre ai ripari, è meglio che stia da noi», decise il suocero. E già pensava a qualcheduno sul lavoro, vedovo anche lui o un po' "alla bonata", che se la potesse pigliare, con tutti i figli. E che bisognava invitare a pranzo qualche domenica per fargliela conoscere.

I primi giorni furono d'affetto: la "biatedda" aveva subito trovato un posto da domestica e quindi li aveva rassicurati che non avrebbe fatto la "signora" in casa loro. «La prendo per compassione», aveva sussurrato la padrona alla suocera, che aveva fatto da agente di collocamento; così le avrebbe dato di meno, ma importante era comunque che lavorasse. Ma poi, quando tornava a casa, se le doveva sentire tutte le lamentazioni di Geremia: «Ma questi bambini sono proprio capatosta», diceva la suocera per prevenire la sua reazione quando avrebbe notato lividi e segni di morsi sulle gambe e sulle braccia dei suoi figli. E se le sfuggiva la lacrima a vedere il ritratto del defunto con il lumino su all'angolo della cucina, subito a rimbrottarla: «Solo tuo è il dolore, eh? E quello nostro, che io sono la madre? Forse stiamo sempre con il fazzoletto in mano? Al camposanto si piange, non in casa mia!». E alle vicine: «Che pensa di prendere casa mia per un albergo? Viene e si siede a tavola, già tutto preparato e cucinato. E c'è sempre qualcuno che pensa ai figli suoi». Le vicine, con un sorriso maligno, erano corse a dirglielo alla "biatedda", la domenica mattina, mentre stendeva la biancheria sul terrazzo e nessuno poteva vedere e sentire. Speravano che reagisse: loro la vedevano, la domenica, che lavava, strizzava, stirava e non usciva di casa se non per andare al cimitero. Non usciva più neppure per andare a vedere se la stanza di Torre Tresca era stata ripulita dai ladri, o come l'aveva combinata il cognato scapolo che qualche sera ci dormiva in compagnia, o metteva ballo la domenica pomeriggio. E perfino il suocero l'aveva saputo e si era incazzato con il figlio, ma quando lei non c'era (e quello con la faccia tosta: «Se non ci sto io, magari si ficca dentro qualcun altro e si fa dare lui la casa popolare che tocca a lei...»). Ma la "biatedda" niente. «Si fa mettere i piedi in testa», scuotevano il capo le vicine. E solo una volta a tavola – quando avevano invitato un compagno di lavoro, scapolo, pensando a lei – aveva accennato al fatto che lei non stava in albergo, perché le avevano detto di non starsene sempre in piedi a sparecchiare o a servire, ché c'erano ospiti. E nel dirlo aveva abbassato gli occhi perché chi aveva da capire, capisse. Ma nessuno stava a badare a lei.

«Qui si è troppi in casa», disse una sera il suocero, che erano rimasti soli con la suocera e una cognata, quella che stava per maritarsi e probabilmente "se ne scendeva", cioè faceva il pateracchio col fidanzato prima delle nozze, così evitavano la festa in grande, ché non c'erano soldi. Ma in quel caso il suo ragazzo doveva per un po' venire a vivere anche lui in casa. «Tu non ce la farai a crescerli tutti e quattro», continuò l'uomo, sorvegliato dalla moglie che gli aveva suggerito la parte. «Abbiamo trovato due collegi per il grande e la grande. Vedrai che si troveranno bene. Così il grande finisce gli studi, che qui non combina niente.»

«E poi, noi più di tanto non possiamo fare», intervenne la suocera. «Lo vedi anche tu, no?»

La "biatedda" era stupita, presa all'improvviso: «E non si può fare altro?», chiese supplichevole.

«Di' tu, che cosa vuoi fare?», l'uomo era più minaccioso che comprensivo.

Lei riuscì a dire: «Aspettiamo un altro poco», prendeva tempo. Ma stava già capitolando.

«Quelli del collegio non aspettano noi. Hanno già fatto storie per Mimmo, che è troppo grande, che ha perso un anno, che la scuola è già iniziata...», incalzava il suocero.

«Sono collegi di preti e di monache», intervenne rassicurante la suocera, facendo leva sul suo passato. «Vedrai che staranno meglio che qui.» La cognata stava a un lato con le braccia conserte e le labbra serrate, che voleva scaricare su di lei la rabbia che doveva "scendersene", che non poteva avere i regali da sposa, e nemmeno il vestito bianco con il velo lungo avrebbe potuto indossare.

Fu allora che Mimmo Milella venne da noi, nella mia classe. La sorella andò a Molfetta. Lontano. «Che dobbiamo fare?», rispondeva la suocera alle vicine tutte pietose per le sorti dei bambini. «Ci ho anche i miei figli da sistemare», finiva con un tono acido, a dire "fatevi i cazzi vostri".

Ogni tanto Milella ci diceva: «Qui stiamo bene. Mia sorella è venuta a Natale che non la riconoscevamo più: i capelli rasati a zero e le croste in testa che sembravano colpi di rasoio. E piangeva e si contorceva: "non mandatemi più lì, dalle capedipezza"». Che erano le suore.

La prima domenica di visita, la madre era venuta con il cognato, dietro, sulla lambretta del marito. «La lambretta di papà!», aveva gongolato Milella. Lo zio era lì che se la carezzava, e dopo mezz'ora scalpitava che voleva andarsene via, ma si era impegnato a riaccompagnare a casa la "biatedda". La seconda domenica l'aveva solo portata ed era fuggito via, veloce e giovane, sul motore ormai suo. Poi si vide sempre più raramente. La signora Milella continuò a venire, quando poteva, e alla fine confidò che era tornata a Torre Tresca con i due figli, perché non ce la faceva più in casa dei suoceri. E la sua storia, romanzata dalla signora De Paola – che anche lei viveva a Torre Tresca – e raccontata dalla "biatedda" a brandelli di discrezione solo a mia madre e alla signora Favia, sembrò quella di tutte loro. Il frastornante orlo di un precipizio, che ti vorresti buttar giù, ma non lo fai per i figli, e perché c'è sempre qualche padre, sorella e parente che ti avvolge di protezione e ti consola. Ma non per lei, la “suorina” senza nessuno. Che finì di capitolare una volta per tutte.

Milella andò via quel giorno sulla lambretta di suo padre che era ormai dello zio (che dovette firmare una carta). E non tornò più indietro a rioccupare il suo letto e il suo banco. Noi non andammo al funerale della madre. Perché non dovevamo sapere. E perché – poi compresi dal catechismo – quello era un peccato contro lo Spirito Santo: così era morto anche Giuda, impiccato, e non c’era funzione sacra con i preti e il turibolo a benedire la bara.

Al posto di Mimmo Milella fu accolto in collegio suo fratello, nell’altra classe. Lui invece lo rivedemmo dopo alcune settimane, durante la visita domenicale, con il bravo bottone di stoffa nera sul bavero della giacca. Sorrise ai nostri saluti che volevano essere calorosi e invece si spensero: stava lì intimidito a fare la parte del padre, ormai dall’altra parte, in mano una busta di carta con le caramelle per suo fratello. Ora lavorava in un cantiere insieme allo zio. Stava bene? «Sì, sto bene. Guadagno un po’ di soldi.» Ora sì che aveva il volto di un santo fanciullo, di quelli che sorridono con mestizia e reclinano il capo da un lato. Se congiungeva le mani sul petto, una sull’altra, sì che assomigliava a Domenico Savio; o meglio a quel pastore di Francesco davanti alla Madonna.

(E io, dopo la messa, ancora con il talare e la cotta del chierichetto, prendevo il messalino e me lo stringevo al cuore e mi guardavo nello specchietto sull’acquasantiera, piegavo il capo al punto giusto. Ecco: ero san Luigi Gonzaga, come sull’immaginetta: solo che avessi il suo pallore del viso e un ramo di gigli. Poi strabuzzavo gli occhi per ridere di me. Ma a volte ci ho creduto, e ho raccolto le molliche sotto il tavolo, oppure ho dormito con i sassolini nel letto, per soffrire un po' e imitare Domenico Savio. Che non si scandalizzava se nella minestra ci era cascato un topo: tutto era provvidenza. Per questo, dopo che fui scoperto, pensavo a lui a ogni boccone di formaggio americano, e ingoiavo in santità. Vivevamo circondati da languidi fantasmi dei santi bambini che occhieggiavano da ogni angolo del collegio, evocati soprattutto da don Ambrogio intenerito: da Tarcisio che si fece morire di stilettate, a Pancrazio, dalla pura Goretti alla Teresina del Bambin Gesù, a quel Guido quasi beato, che gli scoperchiarono il tabuto per la canonizzazione e lo trovarono un cadavere disperato. Un trionfo del beato infantilismo che era incominciato da quel primo «lasciate che i pueri vengano a me». I pargoli che si pronunciavano solo in questa frase, e nella «pargoletta mano al verde melograno».)

Don Marco ora si portava via Milella dal parlatorio, con una leggera pressione della mano sulle spalle. Li scorgevamo andare su e giù nel cortile come se stessero recitando le litanie, e il prete ogni tanto gli sorrideva. Poi – come a un figlio che è diventato improvvisamente adulto – lo salutò con una stretta di mano. «Fatti vedere presto. O quando vuoi: qui c'è sempre un posto per te, qualche giorno di festa che vuoi passare con noi.»

Il suo ultimo banco restò vuoto. E adesso sì che era una punizione doverci andare durante le ore di scuola. Le mosche ci avrebbero fatto ben presto il comodo loro, ballando di contentezza, perché il cacciatore sornione non era più lì. E il maestro ogni tanto si ricordava di lui con affetto, e si vedeva che s'era pentito di avergli detto che, se era di Bitonto, era due volte tonto; e che per scherzo gli aveva detto ogni tanto, con una pacca sulle spalle: «Una schiena rubata all'agricoltura». Per scherzo, perché lui diceva invece: «Con l'istruzione ogni lavoro si fa cento volte meglio». Anche l'agricoltore.

E un giorno ci illudemmo di incontrarlo, a Milella, quando sbucammo a Torre Tresca, il pomeriggio di un giovedì, giorno di passeggio.

Ci arrivammo lungo la lama del torrente prosciugato, custodita dalle casematte di cemento che parevano perfidi elmi giganteschi di guerrieri olmechi, caschi di motociclisti con le feritoie orizzontali per i fucili e le mitraglie. Vicino ai capannoni popolari i bambini ci attorniavano curiosi. Don Marco si era quasi pentito di aver voluto perlustrare quella zona. E non gli pareva vera la desolazione che ci si parò agli occhi. De Paola ebbe il permesso di allontanarsi a salutare i suoi parenti. E anche io avevo lì una zia, sempre allegra nelle sventure e con il petto gonfio da palomba.

«Va bene», permise don Marco, «ma fai presto».

Mi allontanai dal gruppo di qualche passo, ma non mi orientavo tra tutte quelle baracche uguali e perforate, e quasi speravo che uno dei miei cugini venisse fuori anche lui a curiosare e così io l'avrei riconosciuto.

Quando De Paola tornò di corsa, don Marco dette «dietrofront». Milella non lo vedemmo (ma poi, a ben pensarci, perché doveva star lì dopo la morte della madre?). E ce ne tornammo in collegio con la stessa sensazione inappagata di ogni giovedì: il giorno più bello che divideva la settimana con una evasione legalizzata. Le strade, i sentieri di campagna erano le nostre rotte al cui termine si poteva approdare a mondi sconosciuti. Inebriati dalla fragranza di mentuccia che ci ostinavamo a strappare lungo i muricciolі e a ficcare fogliolinе nelle narici. Così approdavamo a Torre Tresca, o a una piazzetta di paesino, o a una masseria con i volpini che abbaiavano furiosi, e i contadini che si affacciavano per rassicurarsi.

IX
Germogli nell'oscurità

Sandro era scappato via. In pieno giorno e nessuno se n'era accorto. Come avesse fatto non era difficile immaginarselo: le siepi e i salici del vialetto erano complici, le porte dell'istituto sempre docili all'apertura, i muretti di cinta inchinati per facilitare il salto al di là, il cancello spalancato. E la vigilanza, non ossessiva. Soltanto sulla parete del lungo corridoio ci scrutava la grande occhiuta pupilla racchiusa dal triangolo aureolato, fissa.

La primavera era nell'aria. E si vedevano sempre più spesso le lucertole intorpidite fare capolino dai buchi.

Già Claudio Iusco, mi ricordo, aveva tentato la fuga l'anno prima. Ma dove poteva andare uno che fugge dall'orfanotrofio se non a casa? Quando la madre se lo vide davanti non disse né “a” né “o”. Gridò soltanto, dopo un attimo di stupore e comprendendo che non era venuto da quelle parti con la classe: «Disgraziato!». Non chiese: «Stai male là?». Gridò: «Che me ne devo fare di te?», guardando gli altri due figli più piccoli. Che lasciò in consegna alla vicina di casa. E a pizzichi e rabbia trascinò il fuggiasco di nuovo in collegio, sulla filovia (altri soldi sprecati), pronta a piagnucolare che lo riaccettassero, che era pentito, si sa i ragazzi non apprezzano.

«Be', che facciamo, signorino?», gli chiese il superiore. «È vero quello che dice tua madre?»

Iusco mi è sempre piaciuto: parlava poco e non piangeva mai, era testardo e sfidava le punizioni di proposito. E me l'immagino la faccia che fece quando rispose: «Sì, è meglio qua che a casa». La madre sorrise trionfante, pensando d'aver vinto, e invece l'aveva perso. Il direttore capì il doppio taglio e fece una faccia dove non si distingueva l'amarezza dalla compiacenza.

Quante volte anch'io l'ho detto: «Meglio al collegio». Con odio e con amore: i sentimenti estremi riservati a una istituzione che si era proposta di recitare gran parte del mio destino. Bastavano quei pochi giorni di giugno a pencolare a casa di mia madre, per capirlo. La nonna che se prendevo un'albicocca al pomeriggio mi sgridava come un ladro. E mio nonno l'avrebbe uccisa con gli occhi. E lei capiva quello che lui le diceva con lo sguardo, s'indispettiva, ma l'ultima parola era la sua: «Sì, va bene, sta chiuso in collegio, poverino. Ma lì mangia anche abbastanza; e non muore per due giorni senza merenda». Mio nonno non replicava: la guardava di sbieco, che era il segnale di una minaccia. Quell'anno aveva anche voluto introdurre una novità, in mio onore: a tavola ognuno aveva ora il suo piatto; non si doveva tutti mangiare nel comune grande piatto smaltato, messo al centro, che prevedeva le sue regole geometriche di approccio, non scritte: "ognuno mangia il suo triangolo; e si incomincia dalla base per finire al centro, dove c'era maggior condimento"; e anche allora mia nonna aveva da lamentarsi, e non perché si abbandonava la tradizione, ma perché ora le toccava di pulire i piatti di tutti. E anche allora mio nonno l'aveva guardata male: «Il ragazzo non è abituato», aveva sentenziato. D'altronde aveva capito che finivo per mangiare di meno, perché mentre masticavo dieci volte a destra e dieci a sinistra, per galateo, gli altri si finivano tutto. Eppure le lamentele di mia nonna riuscivano a farmi sentire un intruso.

E poi ci si metteva anche mia madre: «Spostati da qua, non toccare là, perché non vai fuori a giocare?». La casa era una stanza e non c'era posto nemmeno per lei, per i vestiti imbastiti, la macchina da cucire, le ragazzine apprendiste. Io, sotto il tavolo a ritagliare vecchie foto di moda, o i cavalli di un giornale ippico chissà come arenatosi tra i fotoromanzi e riviste di abiti, finché le forbici non servivano a loro.

«Mino, che fai?», chiedeva maliziosa, tutt'a un tratto, una delle ragazzine, sorprendendomi mentre le scrutavo. «Ci stai guardando le gambe? O magari qualcos'altro, da lì sotto?»

E subito un'altra: «Allora, visto che stai, dicci chi ce l'ha più belle!», e stendeva le sue per farle ammirare meglio. Ridevano; ma io già mi accingevo seriamente al ruolo del giudice, quando la prima aggiungeva: «E che ne capisce lui, innocente!».

Anche in questo caso, mia madre interveniva, seccata: «Basta, lavorate!»; e a me: «Vai a giocare fuori!».

Insomma, dopo due giorni mi sentivo proprio come uno che è abituato ad andare troppo vestito, e poi improvvisamente lo mettono nudo. Sei libero, ti dicono. Sei libero dalla gabbia. Ma fuori è peggio di dentro. E quando poi le prendevo di botte, mi accoccolavo dietro la porta e lo dicevo: «È meglio in collegio». Mia madre piangeva zitta zitta, e mi dava due soldi di scrupolo per andare al cinema di pomeriggio, con mio fratello, a vedere Maciste o Ursus. E io, che ero per di più giudizioso, dicevo "no" con l'aria imbronciata, ma pensando che, se non potevo mangiare un'albicocca, come facevo a spendere quei soldi?

L'avventura di Iusco era durata qualche ora. Ma Sandro non lo trovarono che il giorno dopo. La notte, nel dormitorio, si bisbigliavano le novità: dove si sarebbe rifugiato? La mattina a scuola tra i banchi serpeggiava l'inquietudine. Solo nell'intervallo mi parve che il maestro parlasse di lui con don Ambrogio. Sentii: «Quello che ci preoccupa sono i pericoli di una notte in città. È come perdersi nella foresta. Speriamo non sia capitato nulla».

«Ma no. Lo ritrovano presto, vedrà», rassicurava il maestro. «E questa esperienza lo tempererà: potrebbe accorgersi che nella vita se la deve cavare da sé. Ma soprattutto che sempre si ha bisogno degli altri, di chi si prende cura di te, dei compagni, di una sicurezza... Pensi – aggiungeva quasi volesse ammaestrare anche l'assistente – che gli antichi lo facevano di proposito a mandare nella foresta i giovanetti.» Questa storia degli antichi a don Ambrogio sembrò inopportuna: con tutti i grattacapi, che bisogno c'era di fare la poesia? Lui era milanese e certi voli pindarici non li capiva proprio.

Dopo pranzo Sandro riapparve. Più feroce e chiuso di prima, sì che non fu possibile cavargli nulla dalla bocca. Stava lì inerte come un fulminante spento che era stato sfregato invano: un lampo di fuoco incenerito. Vedemmo solo che era venuta da lontano la suora-zia, convocata d'urgenza. Ora lo salutava tra tante raccomandazioni.

Fu quasi un rito di ringraziamento e una richiesta di protezione il fatto che fummo radunati, tutte e due le classi, in fila davanti alla grotta di Lourdes. Per tante volte che mi avevano raccontato la storia delle apparizioni, eppure non riuscivo a liberarmi dall'automatismo di accostare il suono "Lourdes" a ciò che significava nel nostro dialetto: luridi. Anzi, la convinzione che sotto sotto qualche nesso ci fosse fu accresciuta nel sapere che la Vergine volle apparire presso una discarica di immondizia. Un riscatto evidente che ci accomunava, noi piccoli rifiuti. Certo lei aveva per precauzione due rose d'oro sui piedi: un talismano per profumare gli effluvi acidi della disgrazia. A un angolo della grotta-pietraia c'era pur sempre Bernadette, precaria in tutti i sensi: appoggiata su un sasso instabile, ma anche eternamente inginocchiata in preghiera.

Quello che Sandro non volle dirci, ce lo immaginammo noi. Anzi, nacque proprio una fugamania. Nascosti nei sussidiari circolavano ritagli di riviste e fotografie che Oscar aveva provveduto a portare di ritorno dal suo privilegiato fine settimana. Erano anfratti su rocce di mare, e anche grotte e cavità nelle lame calcaree, che lui assicurava molto vicine al collegio. E all'interno delle caverne c'erano colonne e strani volti affrescati sulle pareti: i santi rupestri protettori dei fuggiaschi – diceva lui –. E poi c'erano capanne di rocce – i dolmen li chiamava lui, il sapientone, misteriosamente – dove si poteva trascorrere la notte, e nessuno ti avrebbe scovato. Ma a molti di noi sarebbero bastati, per nascondiglio, i contorti vani nei tronchi d'ulivo come quelli che si vedevano al di là del cortile, con qualche zolla di muschio all'interno, ulivi che si avvitavano su se stessi, nello spasimo di sradicarsi – con un impulso rotatorio – anche loro da questa terra arsa. O le folte e impenetrabili chiome dei carrubi, dove pendevano le brune silique, dolci come cioccolata e i duri semi da sputare a missile.

Sì, finalmente liberi, senza più orari né silenzio, senza la scuola o quello schifo di formaggio, residuo decennale del Piano Marshall, senza più sotterfugi e infingimenti da adottare contro la vigilanza degli assistenti.

Sì, però – incominciò a insinuare Oscar, il più bravo nel montare come nello smontare le parole – chi fugge non può parlare con nessuno, se no fanno la spia. E allora? È lo stesso che fare silenzio come qui, anzi peggio, perché sarebbe come avere davanti una torta, ma non arrivi a mangiarla per colpa tua, qui invece la torta te la tolgono davanti e ciao, non ci pensi più.

«Stai zitto tu, mangiamuerve», gli dicevamo seccati.

Con aria di compassione nei nostri riguardi, taceva. Ma per poco: «E che mangerete? Lucertole? Lumache?». E così, per alcuni giorni a corrodere ciò che lui stesso aveva innalzato più di tutti. Finché la cosa non andò raffreddandosi da sola.

Intanto nell'aria la primavera sembrava lei fuggire prima del solito via dal cortile del collegio, mentre Pasqua si avvicinava a grandi passi, spalancando il cancello ai parenti che ci portavano a casa per alcuni giorni. Ci portavano nei nostri luoghi che avevano una loro mappa non scritta, che non aderiva alle piantine ufficiali. Perché, quando il maestro chiedeva a Signorile «dove abiti?», lui rispondeva «alla Madonnella». «Ma che via?», insisteva; e quello: «Buh, alla Madonnella». E se il maestro chiedeva a Favia dov'era la sua casa, quello diceva: «alla Manifattura», e non c'era verso di sapere il luogo preciso, via tal dei tali, numero tale. E un altro poteva dire: «io sono del Redentore», e un altro invece: «io della Moscia», e chi: «dietro la stazione». E se si chiedeva a Iusco che cosa avrebbe fatto questi giorni di vacanza, lui avrebbe risposto: «vado in terra a la lanza ad aiutare mio zio».

Così un giorno, entrati in classe, vedemmo che il maestro aveva disegnato sulla lavagna la carta della città; e con un gesso giallo cominciò a scrivere tutti questi nomi lì dove dovevano essere, ma sulle carte non erano segnati: per ricostruire una toponomastica immaginaria eppur presente nelle nostre menti. Ma il giorno dopo se ne venne con una bella pianta della città, disegnata in grande. L'attaccò alla carta geografica con due mollette per stendere la biancheria, e ci fece capire dov'era il borgo antico «a forma di prua di nave, con tanto di timone». «Nelle monete romane della città, questo era il suo simbolo. Gli antichi giocavano con la forma della terra nel mare. Pensate che Brindisi si chiama così perché nel mare la città forma una testa di cervo.» Si fermò per vedere la nostra reazione e l'avvalorò: «Anche Sandro aveva immaginato che il continente dell'Africa appare, circondato da un campo azzurro, un teschio di morto... E anche l'Italia viene chiamato lo Stivale, e noi siamo nel Tacco...». E poi ci mostrò la città nuova, una graticola di strade e di isolati «geometrica», disse. «Immaginate: alcune città antiche furono progettate in questo modo, con una sorta di utopia reticolare», soggiunse. Ma ognuno di noi già stava chiedendogli di segnare anche su questa mappa le nostre case.

Come al solito i miei erano tra gli ultimi a venire, ma non mi dispiaceva indugiare nel collegio sempre più vuoto, restare con Sandro a esplorare il mandorleto accanto al muretto e non più oltre, senza che nessuno ce lo impedisse, a vederlo rotolarsi giù dalla breve china al di là del cortile tra le pratoline e i primi ciuffi di camomilla e l'elleboro che stava cambiando in giallo i suoi petali verdi e il gambo sempre più rosso. E imitarlo per annusarmi addosso il profumo dell'erba schiacciata, sapendo che quello era l'unico momento propizio. «Quando non te lo vietano i superiori, è la natura a impedirtelo», diceva Sandro. «Fra poco tutto seccherà. La terra ha un regolamento più duro di quello di don Ambrogio. Per questo bisogna prenderla quando dice lei.»

E su di corsa a distendersi in cima alla china e lasciarsi andare giù. Restare sdraiati, con gli occhi al cielo a vedere le nuvole volare come «fauci di giganti – aveva detto il poeta – che si allargano sulla terra con vaste ombre, e a volte grandi montagne, e massi staccatisi dalle vette, passare davanti al sole e oltrepassarlo, e poi belve d'ovatta trascinare o spingere altri nembi. Le liquide nubi non smettono di cambiare forma e di tradursi in facce disparate». E poi, via, a cogliere papaveri in boccio e spogliare dai sepali verdi e pelosi i petali di raso scarlatto o rosato, accuratamente raggrinzito, o a far schioccare tra il palmo di una mano e le dita dell'altra i petali rossi dei papaveri sbocciati (antico rito bucolico per spiare un amore), a imprimerne sulla fronte del compagno il pistillo (la capsula che sembrava il volto di un cinesino con cappellino), perché ne restasse la traccia effimera di una stellina. Giochi fragili da bambine, come vuole la natura quando si svela ai tuoi occhi al primo sguardo: la ferocia verrà dopo, sotto la crosta.

Ecco, mi chiamavano. In portineria c'era mio nonno, sempre più curvo; nonostante il busto, era piegato in un eterno inchino.

«Mi raccomando», diceva il superiore, «fa' il buono e divertiti. E lavati. L'ultima volta sei tornato con la testa piena di animaletti...». Una raccomandazione anche al nonno. E io già vedevo mamma ravviare i capelli alla nonna, e le sue unghie nere e rosse per i pidocchi schiacciati, unghia con unghia. Le lendini erano abbarbicate sui lunghi capelli grigi e bisognava sfilarle una a una, uova ricolme di fastidio e rassegnata arretratezza.

Sandro ora restava solo, per tutti questi giorni. Avevamo per lui un'inconsapevole compassione, e qualche nostro genitore si era pure prestato a portarselo via per le feste: dove dormivano quattro – dicevano – potevano dormire cinque. Ma vai a fidarti: se scappa di casa? Chi lo controlla? Non riuscivano a capire che, da solo, lui sarebbe stato finalmente contento a rotolarsi tra le ultime pratoline e i primi ciuffi di camomilla. A succhiare dal picciolo il nettare dei gelsomini: come aveva visto fare agli uccelli e aveva insegnato a noi. Un dolce succo d'aria.

Ora mio nonno mi accompagnava a casa con la precauzione di un rito festoso, quasi *paterfamilias* portasse sulla filovia vaso prezioso ai lari. Noi che stavamo chiusi, cresciuti al buio di un collegio, avevamo anime di un tenero verde, fragili come le spighe di Adone, i giardini tenui che comare Tanarosa faceva crescere nella bacinella smaltata, germogli dell'oscurità, sotto il letto: omaggio per l'altare del Santissimo che emanava una fragranza d'acqua antica.

X
Emulsioni di eros

Quello che sembrava preoccupare di più don Ambrogio erano le «amicizie particolari». Don Ambrogio non era l'assistente della mia classe, ma di quella "dei piccoli", e tuttavia sorvegliava attentamente anche noi. E per mettersi al sicuro ci intimoriva: «Gesù vede tutto», accennando alla pupilla gigantesca racchiusa dalle ciglia, racchiuse da un triangolo trinitario. Don Marco invece, il nostro assistente, era passato da una furiosa isteria del primo anno – perfino scudisciate sulle gambe nude, magari con flagelli di ortica – ad una serena e comprensiva paternità: ora gli volevamo bene, gli obbedivamo di più, giocava a pallone con noi, organizzava feste con premi per le domeniche piovose, campionati di palla-prigioniera, costruiva il grande presepe e le maschere di carnevale fatte di cartapesta lasciata macerare in stampi di calce. E noi ci contendevamo le sue mani durante le passeggiate esterne.

Tra noi, invece, proibita la mano nella mano, o camminare abbracciati. Proibito tenere i pugni in tasca anche d'inverno. Per impedire peccaminosi titillamenti. Consigliato persino, con tanto pudore, di pisciare senza toccarsi. Su tutte le furie andò don Ambrogio quando dai muri bagnati dei gabinetti arguì che si svolgevano gare di minzioni erculee: a chi piscia più in alto. Ottimi risultati si ottenevano con la parziale erezione.

Sotto controllo sempre qualsiasi affettuosità tra noi: il rischio di un'«amicizia particolare» veniva sempre paventato da don Ambrogio nelle improvvisate predicozze di fine serata. Che cosa poi fosse un'amicizia particolare, io non lo capivo. Ma le sue mani con i mignoli rattrappiti da madonna rinascimentale e pesanti potevano piombare da un momento all'altro sui nostri glutei, sia che fossimo sorpresi, sia in prevenzione.

C'era qualcosa di disdicevole, per esempio, nel comportamento di Oscar. Una disperata ricerca di protezione e di asservimento rivolta ai più forti e ai più grandi. Con il desiderio di compiacerli in tutto, di lodarne smaccatamente le virtù, di farsene paladino nelle contese verbali, di ingraziarsene i favori con piccoli doni e offerte delle personali vivande.

«Io, io», gridava supplichevole, «prendi me». Durante la ricreazione libera, ognuno poteva seguire i suoi desideri. Si correva, si vagava, ci si organizzava a gruppi, e c'era chi giocava alla guerra con le dita a forma di pistola, o le mani a trarre da un'immaginaria faretra dietro la schiena una fatale freccia da scagliare con arco invisibile. Proibito l'uso di rami e pietre. I guerrieri combattono tra loro o rapiscono le donne. E le donne erano i più piccoli, inconsapevoli si vedevano piombare minacciosi Iusco, Di Paola, Milella – finché fu tra noi... –, centauri che spronavano il destriero che era in loro, schiaffeggiandosi i lombi. Inconsapevoli, scattava nelle prede l'istinto ludico di fuggire. Ed era già una caccia: veloci e guizzanti, che divertimento non farsi prendere. Solo Oscar si raggomitolava frenetico, ridendo: una preda troppo compiacente, e subito veniva lasciato libero.

Come una gallinella chiocciante, l'occhialuto Oscar continuava a frapporsi tra i vari cacciatori e le altre prede. E alla fine non sopportava l'indifferenza: una specie di ostracismo non programmato lo condannava all'emarginazione. Come in un rapimento rituale dell'antica Grecia, al giovane efebo non era concesso di scegliersi l'uomo: ciò era sconveniente e condannabile. Ma Oscar non poteva saperlo...

In un'occasione, tuttavia, ci si poteva tenere per mano. Un solo caso, ma poteva accadere quotidianamente, le sere, d'inverno e d'estate, nel gioco delle guardie-e-ladri. Una gara di efebia, metafora corsiva della maturità e dell'amore. La luce del riflettore rischiarava il cortile, lasciando ampie ombre agli angoli. Importante era non oziare, non appartarsi durante la ricreazione serale, non abbandonarsi alle penombre. Al suono del fischietto dell'assistente si doveva correre tutti da un capo del cortile e raggiungere l'altro opposto: una "guardia" era in agguato per catturare tra la massa migrante il suo compagno di caccia.

Riuscire a raggiungere la meta senza essere catturati era come superare le prove della vita. Il gioco era bello, se le coppie erano assortite: tenendosi per mano si correva all'unisono, fingendo magari di puntare su una preda, e scattando invece su un'altra. Che, catturata, avrebbe cercato a sua volta l'anima gemella, finché alla fine ci si trovava tutti a coppie, quasi commilitoni di una falange tebana.

Che insidiosi corteggiamenti potevano accadere allora. Iusco era una guardia implacabile: tra tutti quelli che gli passavano davanti, lui puntava solo su di me, dopo che don Ambrogio aveva escogitato la regola che la caccia valeva solo tra quelli della stessa classe: intendeva così "difendere" i suoi, più inermi. Quindi due erano i cacciatori iniziali, uno per classe. Iusco puntava su di me, perché, veloce e scattante com'ero, non gli avrei intralciato la sua furiosa caccia di altre prede. Da un certo momento in poi ho odiato quel gioco, che per me era destinato a finire sempre presto. Don Marco l'aveva capito e per un po' – all'inizio della gara – assegnava ad altri il compito del cacciatore iniziale; oppure mi tratteneva con qualche pretesto, perché non fossi la prima preda predestinata. Bastò questo; non dovette parlare a Iusco, per fargli capire.

Ma le insidie più pericolose ce le portavamo dentro, batteri invisibili, di ritorno da casa. Allora, come c'era la disinfestazione del dopo-vacanze – taglio di capelli, a zero per chi formicolava di pidocchi e polvere di ddt a incipriare le teste rapate –, così c'era quella delle menti.

«Ma che bella pensée che hai, che bella pensée che hai. Me la dai, me la dai...» era la canzone di moda. Mio fratello la sapeva a memoria e tutti in famiglia sembravano divertiti dai suoi ammiccamenti. In collegio, invece, ci fu vietato di cantarla. «Pensée tua, pensée mia: il ricordo del nostro amor.» Cosa di tanto lascivo si sprigionava da quei fiori viola e gialli, bianchi striati che orlavano le aiuole del giardino pubblico? Tutti i compagni sembravano capire, nessuno voleva spiegarmi, alcuni mimavano di piombare su un cuscino pronto all'uso, e sbattere su di esso il ventre: pancia su pancia «panzemmia e panzettua». La malizia era guizzante: e se n'era accorto don Marco un giorno che si era messo a inumidire con l'ago bagnato di una goccia d'olio il roseo sfintere dei fichi acerbi. Che maturassero dolci e pregni. Dovette interrompersi: intorno curiosi, chi si sgomitava, chi si sussurrava qualcosa all'orecchio, chi ghignava: «ci piace a lui a pungere la fica...». E quella volta che, durante la passeggiata del giovedì, nella strada di campagna disturbammo due cani sovrapposti e sussultanti, «Avanti, avanti. Non state lì a guardare», incitavano preoccupati gli assistenti. Invano: sorrisetti e curiosità, mentre don Ambrogio ci sospingeva cercando di far schermo ai nostri sguardi. Don Marco, lesto, con il suo bastone (il vincastro, lo chiamava lui) incominciò a picchiarli. E i cani, smaniosamente avvinghiati, tesero con tutte le forze di staccarsi, uno da una parte e uno dall'altra, mentre restavano incastrati «nelle salde catene di Venere».

«Non hai visto mai tuo padre e tua madre strusciarsi pancia con pancia?», mi sussurrò una volta Oscar.

«No», risposi netto, e infastidito che tutti, perfino Oscar, si dessero aria dell'"iosotutto". Le uniche scene di tenerezza che mi venivano in mente tra mio padre e mia madre, era quando lui la inseguiva lungo quello sgabuzzino che era la nostra casa. «Non ora: stanno i bambini», lo respingeva sottovoce mia madre. E lui, apriva le ante dell'armadio a fare da paravento ai nostri occhi assonnati, e la trascinava dolcemente lì dietro. Lui, in canottiera neorealista, piccolo e giovane. Il vantaggio di morire ventenne: si rimane eternamente ragazzi nei fotogrammi della memoria altrui. Più tardi avrei considerato ignominiosa quella sua morte, quel fuggire via dalla vita con un preavviso così insufficiente da non darci il tempo di correre al riparo: un arzigogolo della mia mente, perché – si sa – la propria sorte va in ogni caso deprezzata. Ma quel padre così condizionava la nostra vita con la sua assenza, molto più che avrebbe potuto con la sua presenza. Di quel suo giovane corpo, dei suoi occhi neri, delle sue mani di muratore, nulla ci è restato se non una ciocca di capelli, tagliata mentre giaceva morto, quasi a recidergli l'ultimo appiglio alla vita, e conservata da mia madre in un cellophane per guanti, nel comò, assieme ad altri cellophane con i primi riccioli di noi bambini.

L'unica storia pruriginosa alla quale era consentito accarezzare le nostre fantasie veniva rappresentata nella funzione di un giorno feriale di febbraio: quando, in latino, il sacerdote leggeva durante la messa le disavventure della casta Susanna. Che volevano quei vecchioni da questa signora che si faceva il bagno nuda nella sua piscina all'aperto, tra gli alberi, alla contr'ora? Oscar mi aveva passato furtivamente il suo messalino con la traduzione, dopo che la lettura era finita e lui se l'era gustata in diretta come se vedesse i sottotitoli in italiano. Con qualche rischio la lessi anch'io, mentre fingevo di rispondere alle orazioni, al Sanctus, all'Osanna, di seguire la messa che andava velocemente avanti.

Quello che mi inteneriva di questa Susanna era la solitudine, che io immaginavo pingue. Dei vecchi le volevano male e la costringevano con minacce, e il marito, le ancelle, nessuno si ergeva in sua difesa. Poi arrivava un investigatore che la salvava, come si salva una principessa; ma la loro storia non finiva con il solito «e vissero felici e contenti». E nemmeno finiva con un abbraccio, come in alcuni film, che si oscuravano improvvisamente quando la pellicola arrivava al bacio, e una mano "distratta" – in genere quella di don Ambrogio – ne ricopriva i fotogrammi d'effusione.

«Panzettua e panzemmia»: più era vietata e più veniva in mente. A Oscar non pareva vero di aver qualcosa da svelare a qualcuno. E una notte scivolò giù dal letto e venne a svegliarmi: che azzardo!

Assonnato, gli chiesi: «Che vuoi?».

«Vieni a vedere. Zitto, eh!», mi rispose. E non opposi resistenza. Se fossi stato più sveglio non mi avrebbe incantato, maldestro com'era si tirava tutti i guai addosso.

Uno scricchiolio furioso, un fruscio scalmanato veniva dalla branda di Sandro. Al chiarore della lucetta che illuminava il dormitorio dal quadro della Vergine con il bambino in braccio che dorme, ci accostammo. Sotto le coperte il suo corpo sussultava e si strusciava frenetico. Finché non trovò subito pace. Le coperte si afflosciarono allora, languide.

«Sta male?», chiesi sottovoce. «Chiamiamo l'assistente.»

«Stupido. Non sta male. Vedi: non si è nemmeno svegliato.»

«E perché mi hai fatto alzare?»

«Per farti vedere "panzettua e panzemmia".» Oscar sembrava compiaciuto, quasi si aspettasse un grazie da me. E continuava didascalico: «Sandro lo stava facendo con il letto "panzettua e panzemmia". Ora hai afferrato?».

«E per questo mi hai svegliato?» Continuavo a non connettere. E tuttavia qualcosa di torbido si insinuò in me. Molti mesi più tardi avrei compreso, quando nel torpore del sonno mattutino mi alzavo per fare la pipì. E in tutta fretta me ne tornavo a crogiolarmi nel tepore delle coperte. Per qualche sfregamento occasionale, sentivo un dolce caldo percorrermi le viscere, ed era tanto piacevole continuare a strusciarmi sul materasso. E poi, improvvisamente, il confessore – che era don Ambrogio stesso – mi chiese, nascosto dietro le tendine accostate del confessionale, se durante la notte mi toccavo nel letto. O facevo dei movimenti che provocavano godimento. Disse: godimento. «Non di notte», risposi dopo un po' di esitazione e stupito con me stesso, «ma di mattina, aspettando, sveglio nel letto, il segnale dell'"alzarsi"».

«E cosa fai?»

«Niente. Le gambe, muovendosi...»

«Ma ti tocchi con le mani?»

«No.»

«Va bene. Comunque non farlo più: questo è peccato», sentenziò il confessore-assistente. Forse aveva notato qualcosa.

Da allora mi venne la tentazione di toccarmi con le mani. Da allora, per un po' di tempo mi sembrò che don Ambrogio mi sogguardasse con occhi diversi. Quasi astiosi. Lo stesso sguardo riservato ai più "monelli": tra ribrezzo, stupore e compassione. E, durante la messa, quando gli versavo l'acqua d'ampolla sulle dita rattrappite, il suo sguardo di rimprovero mi faceva sentire indegno. E che adesso – volendolo decifrare – suonerebbe più o meno così: "Mezzo soldo di cacio e già sviluppato. Su questo visino d'angelo, il candore è già perduto. I nostri ragazzi di Lambrate, di Sesto San Giovanni, di Olgiate, per avere i primi turbamenti devono raggiungere i quattordici anni...". Lui aveva sempre da ridire, con indulgenza, su quanto eravamo selvaggi, arretrati. E sorrideva dei nostri goffi parenti, quasi africani...

La beata polluzione notturna soccombette più tardi ancora: e fu il timore dell'incertezza e al contempo la certezza dell'innocenza. Una sensazione indistinta, come lo erano gli oggetti e i cumuli di corpi e di coperte al primo chiarore dell'alba, la luce che si insinuava appena nel dormitorio dai vetri smerigliati del bagno, un vago piacere che emergeva da un'oscurità: come le cose che mi circondavano. «Quanto eri desto? Ti sentivi in te in quel momento? O te ne sei accorto soltanto la mattina, alzandoti con le mutande bagnate?», avrebbero domandato i confessori. Poi rassicurandomi: «Non avere paura. È una cosa naturale in tutti gli uomini: il diavolo viene a sorprenderti quando non sei in piena coscienza, e ti tenta turbando il tuo corpo. Bisogna vigilare, anche nel dormiveglia». «E poi», aggiungeva qualcuno, «se ti capita di notte, vuol dire che non lo fai coscientemente di giorno...». Che sollievo, quest'ultima attenuante.

Ma il diavolo notturno fu a lungo in agguato. «Estote sobri et vigilate, quia diabolus, tamquam leo rugiens venit... cui manusturbare.» Il peccato non fu più un atto di immaginazione. Ora cominciavo a capire dove aderiva, a quale parte del corpo, a quale azione, gesto, sguardo aderiva. E solo allora la polluzione assunse qualcosa di distinto tra l'inquinamento dell'anima e l'acqua sorgiva, una polla di fanghiglia (lasciando macchie: le stesse del poeta mezzo apulo – rara polluzione notturna in letteratura –, «e poi i sogni, con oscene visioni, maculano la camicia da notte e il mio ventre, mentre dormo supino»).

Alcuni mesi dopo l'incursione notturna presso la branda di Sandro, durante le vacanze dell'estate, potei vedere per la prima volta la rosea ferita di Gianna, la figlia dello scarparo, una maschiona che giocava con noi a pallone e girovagava sotto gli archi della ferrovia per intere mattinate. Si metteva a sbirciare i nostri membri quando pisciavamo; e anche noi, accucciati davanti a lei, potevamo osservare come le sgorgava l'urina: ma nessuno doveva toccarla, questo era il patto.

Il mio diavolo tentatore ora aveva il muco al naso: da quella notte, un certo imbarazzo mi avviluppava ogni volta che sfioravo lo sguardo di Oscar. Non sopportavo di dividere con lui un segreto così torbido. Ma ormai per lui era diventata una missione il catechizzarmi ai segreti di eros.

«Vieni. Ti faccio vedere una cosa», sussurrò una sera prendendomi per il gomito. «Però è un segreto.»

«Se è un segreto, non mi interessa. Vallo a dire a un altro.»

«Ma gli altri della nostra classe lo sanno tutti», sibilò perfido. «Solo tu sei all'oscuro. Perché sei il cocco dell'assistente e non te lo vogliono dire», si giustificò con astuta innocenza. «E poi sei troppo piccolo...» Così ero fritto: non potevo più tirarmi indietro. Non volevo più tirarmi indietro.

La ricreazione serale era più tranquilla del solito. La prima aria dolce dell'estate aveva intorpidito anche il rigore degli assistenti: molti giocavano per conto proprio, ma alcuni facevano crocchio, seduti a terra nell'angolo buio del palazzotto. In altre occasioni, sarebbero stati redarguiti, il gruppo disciolto e costretti a correre e a giocare con gli altri. «Stavamo solo raccontandoci delle storie», si sarebbero giustificati, per fugare qualsiasi sospetto. Ma questa sera il controllo era proprio allentato. E anche le lucciole si sentivano talmente intraprendenti da osare allontanarsi dai cespugli ai bordi del cortile e attraversarlo, rincorse dai cacciatori improvvisati, da depistare con un gioioso lampeggiamento.

«Allora vieni?»

«Dove?», chiesi ancora indeciso.

«Non te ne pentirai. Li spieremo dall'alto, dalla finestra della nostra aula.»

«Ma non si può», ribattei. Era un'infrazione grave abbandonare il cortile durante la ricreazione e aggirarsi per le aule o il dormitorio, o le altre stanze.

«Non c'è pericolo. Gli assistenti sono tutti e due dall'altra parte, in parrocchia. Facciamo subito e poi torniamo.» Per convincermi aggiunse: «E poi noi siamo i più obbedienti: che fa se ci scoprono una volta tanto?».

Col batticuore lo seguii fino alla nostra aula. Ci affacciammo silenziosamente alla finestra spalancata. Proprio lì, sotto di noi, c'era il gruppo dei più grandi, tutti in una specie di cerchio serrato. Una vedetta guardava verso il cortile, ma si distraeva dal suo compito e voltava di tanto in tanto gli occhi a chi occupava il centro del cerchio: due ragazzi. Uno dei due stava con una gamba inginocchiata, con l'altra ripiegata e il ginocchio sollevato, sicché la carne del polpaccio e quella della coscia si univano formando una turgida fessura. Accanto a lui, l'altro: in ginocchio, ma eretto. Aveva estratto il suo membro da sotto i pantaloni corti e lo inseriva in quella fessura turgida, allargando con le mani a suo piacimento la gamba dell'amico, perché – credo – facesse più gioco al suo movimento a stantuffo. Gli altri sghignazzavano osceni e furtivi. Mentre chi soggiaceva, continuava ad assicurarsi: «Poi tocca a me, eh?».

Sul loro volto, nel buio, si trasfondeva il chiarore della luna. Seleniti anche loro. Che cosa avrebbero partorito questi coiti da polpacci? Fauneschi Dionisi sbucati da cosce divine. Forse il sussurro del Mediterraneo aveva trasportato nel sospiro caldo dello scirocco l'avvampato desiderio dell'angelo ribelle Iblis, dalle arse coste del Marocco fin qui, a fecondare un vecchio mito, liquido come un'emulsione di una fantasia stravagante. A penetrarsi la gamba sinistra con un pene posto sulla gamba destra. I baci ardenti di un dio africano bruciano l'erba e fanno turchino il cielo della notte.

Io, stupito, non ebbi più voglia di restare aggrappato al davanzale. Scivolai giù, felpato. E Oscar con me. Il mio avvilimento, la sua aria di trionfo. Adesso avrei voluto cancellare tutto, ma non ero pentito di aver visto. Un tumulto di ventri mi percosse la mente, uno "sbattere pancia su pancia, cosce su cosce" a ritmo archilocheo. Temevo solo di dover dividere con lui anche questo segreto. Un fardello troppo grande: pensai con dolore e colpa che il mio dovere e la mia astuzia fosse di deporlo, magari in un confessionale.

Ma per fortuna la sorte provvide a liberarmene. Con sollievo.

XI

L'omissione

Le mosche zigzagavano sulle nostre teste come i pensieri; e, come i nostri sguardi distratti, uscivano ed entravano nell'aula attraverso le finestre spalancate. L'aria era calda, già di prima mattina.

Il direttore entrò, dopo aver educatamente bussato. E subito il maestro chiamò alla cattedra Oscar, lo girò verso di noi, gli si mise dietro appoggiandogli le mani sugli omeri, quasi ce lo volesse presentare di nuovo con affetto. Oscar ci guardava sospettoso, e tuttavia con il solito sorriso fesso. Tutto sembrava concertato, alle sue spalle.

Il direttore parlò senza altri preamboli, ma scandendo le frasi con le consuete sue lunghe pause. «La scuola sta terminando. E Oscar ci lascia con qualche giorno d'anticipo. Dobbiamo salutarlo, perché lui non tornerà qui con noi, né durante le vacanze al mare né per il prossimo anno. Oggi verranno i suoi parenti a prenderlo.»

Oscar guardava ora il direttore ora noi. Aggrottò le labbra e le sopracciglia, quasi a dire: "se lo dice lui...". Poi un velo gli coprì gli occhi, abbassò la testa. Ma nessuno di noi pensò che potesse essere una tristezza ad affiorargli sulla faccia, un rimpianto; anzi, sospettavamo, doveva essere il senso di colpa e la vergogna per qualcosa che aveva combinato a nostra insaputa, e che meritava la punizione ultima, l'espulsione. «Quello che vorremmo dirgli tutti noi», continuò il direttore, «è che speriamo sia stato bene qui. Vorremmo scusarci per le tante incomprensioni. E, prima che ci lasci, chiedergli perdono se qualcosa di male gli abbiamo fatto, anche non volendolo. Vorremmo che conservi di noi un buon ricordo».

Aveva concluso, e fece un cenno al maestro, che trasse dalla tasca della giacca un biglietto. E disse in tono gaudioso: «Prima che Oscar se ne vada, voglio dirgli che ha superato quest'anno scolastico molto brillantemente ed è promosso per il prossimo. Leggerò ora i suoi voti». Elencò una sfilza di invidiabili otto e nove. «Tutti ci complimentiamo con lui», continuò il maestro mentre rimetteva in tasca il foglietto. «Vogliamo ringraziarlo per la sua erudizione, per i bei temi che spesso abbiamo letto in classe. E ci dispiace di non poter contare sul suo utile apporto per l'anno venturo.»

Chiuse così. Forse si aspettava un applauso, una reazione di simpatia da parte nostra. Ma noi eravamo incatenati e ammutoliti dalla disciplina inculcataci e anche dal sospetto: perché tutta questa messinscena? Altri se ne erano partiti durante l'anno, altri non sarebbero più tornati dopo le vacanze estive (lo sapevamo, tanto che prima di andare a casa coi parenti, ci domandavamo ritualmente: «Tu ritorni?»). Eppure mai il direttore si era presa la briga di venircelo a comunicare. Questo trattamento di favore era insolito, e irritante. Tanti riguardi per la pecorella smarrita, tante feste per il figliol prodigo.

Solo Oscar sollevò gli occhi e disse: «Grazie di tutto». Poi, tra lo stupore nostro, aggiunse con la consueta teatralità: «Io non sono stato per voi un buon amico. Ma voi siete stati per me i migliori che evidentemente mi potevo aspettare». Cavò quell'«evidentemente» dal lessico che gli avevo sempre invidiato: un avverbio che noi non avremmo mai usato (e-vi-dente-mente: un termine che si inchiodava nella realtà prima con la forza di una lettera a cuneo, poi ne addentava l'essenza penetrandola con i suoi canini, ripetutamente). Alzò quindi le spalle, quasi rassegnato, e per dire: "Ho finito, non ho più niente da aggiungere". La disciplina non lo aveva del tutto fiaccato.

Il maestro lo scortava già al suo posto, quando il direttore disse: «È bene che tu venga in dormitorio a preparare la tua roba».

Aprì la porta: nel corridoio una suora stava aspettando, sulle braccia recava la sua biancheria lavata e stirata.

Durante l'intervallo, qualcosa affiorò, una diceria maligna di quelle che non si sanno mai da chi partiva, e che in altri casi sarebbe stata attribuita proprio a Oscar. Si disse che lui era stato visto di sera sgattaiolare nel gabinetto già occupato da un altro, e che non si fosse ritirato subito, con tante scuse – com'era naturale –. Anzi, assicurava la voce, lo aveva fatto a bella posta. Qualcuno ora giurava di averlo visto alzarsi di notte e accostarsi al letto di Sandro. Perché? «Eh, perché...» Si ammiccava. Io cominciai a temere per me.

Sandro, interpellato, ci degnò di uno sguardo di compassione, e niente più: non gli si poteva cavar nulla, si sapeva, ma quell'aria di disprezzo verso di noi ci sembrava già un'ammissione.

Prima che l'ultima ora finisse, Oscar tornò in aula. Pochi minuti e fu chiamato in portineria. I nonni erano arrivati, tutti e due, e questa volta avevano parcheggiato presso la grotta di Lourdes la loro auto. Il tempo di alzare il coperchio del banco, di riordinare sulla sedia gli astucci, i pennini, il vocabolario e subito pentirsene: «Che me ne faccio?». Oscar mi si avvicinò. Ma perché, anche ora, mi sembrava recitasse? «Lascio tutto a te. Fanne quel che vuoi. Anche i biscotti che ho giù nel cassettino del refettorio.»

Era in virtù di quei "segreti" che ereditavo le sue cose, in virtù di una condivisa intimità da guardoni? Adesso che non avrebbe potuto più rivelarli, non mi imbarazzava il suo sguardo. Sentii quasi pena per lui, che avevamo considerato sempre un immeritevole fortunato della vita, degno di una continua punizione perché quell'esilio che noi vivevamo nel recinto di un collegio non gli fosse dorato come lo era per tutti noi.

Delle sue cose detti tutto via nei giorni che seguirono, con la magnanimità di un tutore testamentario che non conserva nulla per sé pur potendolo, perché non si sospetti. Sandro non chiese nulla e rifiutò ciò che gli volevo dare: il bel vocabolario pieno di figure, che lui non possedeva. Tenni per me solo un ciondolo, che all'estremità di uno "scubidù" – intrecciato da Oscar stesso con residui fili elettrici colorati e smidollati della resistenza di rame – mostrava una piccola macchina fotografica di celluloide. Scrutando nell'obiettivo in controluce sciorinava pigmee opere d'arte. Alcune, sotto l'incalzare del clic, apparivano capovolte. Ma era questo il pregio dell'oggetto – sosteneva Oscar a chi glielo deprezzava –. Con stravaganza egli filosofava: «Bisogna mettere le cose caposotto, per poterle vedere meglio». Come le cartoline che l'assistente inseriva di testa in giù nello strano proiettore a scatola, ma che apparivano sul muro nel giusto verso: crocifissi sulle vette delle montagne, baite fiorite, bambini paffuti con stelle alpine in mano e seduti su steccati tra i pascoli, il duomo di Milano. E infine il Lungomare di Bari, che tutti riconoscevamo, e strepitavamo: «Il lungomare!».

Oscar uscì e la campanella suonò. Non ci fu il tempo di immusonirsi o di pensarci su: tutti in fila per la breve ricreazione prima del pranzo, tutti a scalare di posto per riequilibrare il vuoto lasciato da Oscar.

L'aria dei corridoi era fresca. Le braccia conserte si scioglievano con più facilità. Più che mai a Sandro che non ne era stato mai capace: ora gli penzolavano indolenti, e con le nocche battevano ritmicamente lungo i muri, quasi a saggiarne la consistenza, battevano sulle sbarre di ferro delle scalinate, a misurarne la distanza. Come un uccello in gabbia, al richiamo dell'estate batte istintivamente sulle grate tutt'intorno. Il silenzio – impostoci per costringerci a essere efficaci interlocutori di noi stessi – ora sembrava straripare. Aveva una sua effervescenza, e ti pareva di captare bisbigli, rapidi gesti, segrete occhiate, cenni fugaci che scoppiettavano tacitamente come bollicine lasciando una bava umida sul passamano delle ringhiere o sulle pareti delle scale in lucido fintomarmo.

Due giorni dopo Sandro fuggì di nuovo. Fu risucchiato dal vento caldo, lusingato dalle promesse dell'estate che rende facile la vita anche a un randagio. Questa volta non fu trovato subito. Per tre giorni l'aria dei corridoi, del dormitorio, del refettorio fu carica di attese. Nervosi e scattanti erano gli assistenti, e noi con loro, attenti a ogni minimo rumore che sfiorasse l'istituto, a ogni macchina che suonasse, che sostasse, al campanello della portineria che squillasse.

Alla fine della ricreazione serale, anche il sole non vuole decidersi a tramontare. E non ci par vero che con tanta luce si possa già andare a dormire. In fila, al crepuscolo, le ombre lunghe dei nostri corpi si spezzano, metà distese sul marciapiedi e l'altra metà irte sulla parete di fronte. Il proprio nero profilo lo cogli per un attimo sulla parete con l'apice dello sguardo; e lo perdi se ti volgi a guardarlo per afferrarlo compiutamente. Furtivamente allungo la mano fuori dal groviglio di ombre, per far apparire sul muro la nera silhouette dell'oca o il muso allungato del cane: proiezioni flebili e metafisiche, subito taciute. Improvvisamente ci sentivamo stanchi e assonnati come dopo una faticosa ed effimera attesa di un evento memorabile e inconsueto: il gesto decisivo che non arrivava mai. E che ora Sandro aveva compiuto.

Durante le ore di scuola, il maestro ormai era un cantastorie: tutto, pur di frenare la nostra nervosa distrazione. Raccontava storie antiche per rivestire attimi moderni: perché – diceva – tutto era stato già fatto, tutto era stato già detto; la storia è una spirale che si ritorce e torna sul luogo già percorso. «Niente – citava pescando un biglietto dalla tasca – di quello che potrei dire è qualcosa di mio: io so di essere ignorante. E penso che non ci resti che bere ai fiumi altrui, come farebbe un vaso.»

C'era chi rivomitava vecchie indicazioni, di dolmen accoglienti, di fughe astute e silenziose, di avventure tra gli olivi argentati e incavati di dolore. Stanche croste di fantasie.

Poi si seppe: era stato preso. Non ci credemmo, perché non lo vedemmo tornare fra noi. Era l'ultimo giorno di scuola, eppure l'aria era diventata mesta. Il maestro entrò in ritardo per la prima ora, e aveva una tristezza in faccia. Per tutto il tempo cercò di trovare il bandolo di una matassa aggrovigliata, e ogni tanto gli sfuggivano dagli occhi lampi fulminei di rimprovero.

Infine, le pagelle furono distribuite. «Non sciupatele e fatele vedere ai vostri parenti», raccomandò tra il chiasso generale e la calca intorno alla cattedra. Poi, quasi sospinto da un residuo impeto, gridò: «Basta. Tutti a posto!».

Rimanemmo interdetti: faceva sul serio? E ammutoliti ci infilammo nei nostri banchi.

«Rimangono qui le pagelle di Oscar e di Sandro. Come Oscar, anche Sandro non lo rivedremo più.» Il maestro fece una sosta. Non avevamo bisogno di chiedere notizie: tutto sembrava incomprensibile. E tuttavia qualcuno chiese: «Lo hanno preso?».

«Lo hanno preso?», fece eco con disprezzo il maestro. «Ma non è un animale fuggito dalla gabbia. Lo capite? Questo non è uno zoo, non è una prigione. Voi siete fortunati, nella vostra sfortuna.» Il maestro si era accalorato. «Lo capite?», ci scrutava ora uno per uno.

Sì, noi lo avevamo capito. Era Sandro che non lo capiva.

«Sandro è stato "preso", come dite voi», il tono era diventato didascalicamente dolce e rassegnato. «Lo hanno trovato che rubava in un negozio. Ora non potrà più venire qui, ma andrà in un collegio più severo che si chiama riformatorio. Rubava per necessità, ovviamente. Ma non ci possiamo fare più nulla. Dovevamo fare qualcosa prima. Aiutarlo, farlo sentire uno di noi. Come dovevamo farlo con Oscar.» Una pausa. Abbassò le palpebre. La scuola stava finendo come un qualsiasi giorno dell'anno: con l'esame di coscienza. A rivangare, a occhi chiusi, le ore passate per scovarci il male commesso, a riconoscere contriti i nostri peccati. Senza pensarci su, qualcuno aveva puntato i gomiti sul banco e con le due mani cingeva il capo a visiera, come durante il raccoglimento di fine giornata: l'esame di coscienza era il suggello quotidiano di ogni brav'uomo, anche non cristiano – ci aveva suggerito il maestro; e ci aveva parlato di un filosofo antico, Seneca, che lo considerava l'atto più bello della giornata –. «A labbra compresse àgito tra di me rimorsi e pentimenti e i vizi degli altri sono un metro per riconoscere i miei», aveva scritto.

Soltanto che noi avevamo sempre un peccato in più nei nostri tabulati: quello insidioso dell'omissione. Dovevamo pentirci non solo per quello che avevamo fatto, ma anche per quello che non avevamo fatto, rimpiangere quello che non avevamo fatto e non quello che avevamo fatto.

«Perché non abbiamo fatto nulla per loro?», incalzò il maestro.

«E cosa?» Ci voltammo tutti verso quella voce che aveva forato il silenzio. Aveva parlato Iusco: un evento eccezionale. Era lì, con il braccio appoggiato sul banco, accovacciato sul sedile con una gamba sotto il sedere. Nella sua scompostezza, nell'affettata indolenza, si avvertiva la rilassatezza di fine anno, ma anche affiorava un'inclinazione interiore che la disciplina non aveva domato, e che si era solo accomodata alle circostanze. Si guardava intorno, per dire: "parlo io per tutti".

«Bah. Farli sentire più a loro agio», rispose il maestro, accettando la sfida. «Perché picchiavate sempre Oscar?», cominciò con una furiosa requisitoria, che non gli avevamo mai visto fare. Avvertiva di avere di fronte a lui un branco, dove gli individualisti come Sandro sono messi al bando, perseguitati tra i lupi come tra gli uomini. Colpiva per ora i più sensibili, gli esemplari più deboli della classe: «Tu una volta gli hai strappato il libro, cui teneva tanto».

«Non sono stato io.»

«E chi, allora?»

«Che ne so. Un altro.»

«E tu, perché hai sputato nel quaderno di Sandro?»

«Io? Non sono stato io.»

«E sì, va bene. E tu, tu, tu, non picchiavate Oscar solo perché si leccava il naso?»

«Non sono stato io. Lui lo faceva apposta, lo schifoso.»

E Iusco sentì che quello era il momento di mettere in chiaro una cosa: «Allora – richiamò l'attenzione di tutti, facendo una pausa –. Se io sono un povero, se sono senza padre e mia madre si rompe la schiena a servire nelle case dei signori, posso pretendere di fare come dico io? Di andare nella scuola che dico io? Di andare al ristorante ogni domenica? Eh, posso pretenderlo?», era sicuro che era no. «Questa è la regola della vita: guai a chi capita!»

«No, non è così. Come qualcuno sta aiutando voi, voi dovete aiutare chi è in difficoltà», il maestro non si arrendeva alla logica del destino, a chi capita capita. «Noi – sillabò le parole – non... abbiamo... voluto... aiutare... Sandro e Oscar. E chiacchiere non ce ne vogliono.»

Il ricordo di Oscar, l'ombra di Sandro come una coda mozzata di lucertola gridavano vendetta nel furioso rimprovero del maestro. La campanella suonò. Lui si ricompose. «Un momento. State ancora seduti al vostro posto», intimò. «L'anno scolastico è finito. Salutiamoci ora.» Le parole come erba inaridivano: di tutte quelle sillabe non restava nulla nei setacci, pula dispersa dal vento.

Un anno era passato, con tanti piccoli eventi, che dall'esterno – come onde del mare – strabordavano fin dentro il chiuso collegio. Fra pochi giorni avrei rivisto i buchi sulle rocce della riva riempirsi di acqua di mareggiate, e poi imputridire. E, dopo una lenta evaporazione, raccogliere un piccolo tesoro di sale incrostato, quasi sublimato. Il SALE della TERRA.